桃花扇註

（下）

梁啓超任公著

中華書局印行

桃花扇註（下）

第二十一齣　孤吟

北極諸陵黯落暉．
南朝海水照青衣．
都來寫入霓裳裏．
彈向空園雪亂飛．
——鄧孝威詩．
春從柳永詞中老．
秋入蘭成賦裏哀．
——沈桐莊．
題板橋雜記．
欸西風峭緊暮林凋．

把江山幾番吹老．

黃花逢臥病．

斗酒讀離騷．

那舊壘新巢．

斜陽外．

知多少．

——吳梅村通天臺．

變調新水令．

布景——幕外．

人物　老贊禮——副末．

地點　北京太平園劇場．

時間　康熙甲子八月．

老贊禮（氈巾道袍上）

雨洗秋街不動塵．

青山紅樹滿城新．

誰家臙脂有閒金粉．

二

撒與歌樓照鏡人——（天下樂）

內（問）
老客無家戀．
名園杯自勸．
朝朝賀太平．
看演桃花扇．

贊
老相公又往太平園看演桃花扇麼．

內（問）
正是．

贊
昨日看完上本演的何如．
演的快意演的傷心無端笑哈哈不覺淚紛紛司馬遷作史筆東方朔上場

人只怕
世事含黏八九件．
人情遮蓋兩三分．

（行唱介）

流光箭緊．
正柳林蟬噪．

桃花扇註（下）

荷沼香噴．

輕衫涼笠．

行到水邊人困．

西窗乍驚連夜雨．

北里重消一枕魂．

梧桐院．

砧杵村．

青苔蟲語不堪聞．

閒攜杖．

漫出門．

宮槐滿路葉紛紛．

──（甘州歌）

雞皮瘦損

看飽經霜雪．

絲鬢如銀．

傷秋扶病．
偏帶旅愁客悶．
歡場那知還膩我．
老境翻嫌多此身．
兒孫累．
名利奔．
一般流水付行雲．
——
（甘州歌）

諸侯怒．
丞相嗔．
無邊衰草對斜曛．
望春不見春．
想漢宮圖畫．
風飄灰燼．
棋枰客散．

黑白勝負難分.
南朝古寺王謝墳.
江上殘山花柳陣.
人不見.
煙已昏.
擊筑彈鋏與誰論.
黃塵變.
紅日滾.
一篇詩話易沈淪.

——（換頭甘州歌）

難尋吳宮舊舞茵.
問開元遺事.
白頭人盡.
云亭詞客.
閣筆幾度酸辛.

六

聲傳皓齒曲未終．

淚滴紅盤蠟已寸．

袍笏樣．

墨粉痕．

一番妝點一番新．

文章假．

功業譚．

逢場只合酒沾脣．——

（換頭甘州**歌**）

偏風韻．

老不羞．

偸將挂杖撥紅裙．

那管他

扇底．桃花解笑人．——

當年眞是戲

（餘文）

今日戲如眞．

兩度旁觀者．

天留冷眼人．

那馬士英又早登場．列位請看．

（拱下）

第二十一齣　媚座

名園山水清音美．

又何用絲竹隨．

★

半放紅梅．

只少韋娘一曲催．

──本詞．

★　★　★

時間　明崇禎十七年甲申十月．

地點　南京馬士英私邸．

八

人物　馬士英——淨.

長班——外.

楊文驄——末.

阮大鋮——副淨.

二价——雜.

布景　馬士英私邸梅花書屋.

備用物　茶杯茶盤桌席三酒壺酒杯客單賞封.

馬士英（冠帶上）

調和鼎鼐費心機.

別戶分門恩濟威.

鑽火燃寒灰.

這爕理陰陽非細——（菊花新）

下官馬士英官居首輔權握中樞.天子無為從他閉目拱手.相公養體儘咱吐氣揚眉那朵紫牛朝只不過呼朋引黨這經綸滿腹也無非報怨施恩人都說養馬成羣滾塵不定他怎知立君由我殺人何妨（笑介）這幾日太平無事.

長班　又且早放紅梅．設席萬玉圍中．會些親戚故舊．但看他趨奉之多．越顯俺傲笨之至．人生行樂耳須．富貴此時（喫介）長班今下．的是那幾位請帖

馬（疑介）　都是老爺同鄉有兵部主事楊文驄僉都御史越其杰新推漕撫田仰光祿寺卿阮大鍼這幾位老爺

長班　那阮大鍼不是同鄉呀

馬（笑介）　他常對人說是老爺至親

長班　相與不同也算的箇至親了（吩咐介）今日不是外客．就在這梅花書屋設席蘇坐罷

馬　是

長班　天已過午快去請客

長班　不用去請俱在門房候著哩只傳他一聲便齊齊進來了（傳介）老爺有

楊阮（忙上）　閽人片語千鈞重相府重門萬里深（進見足恭介）

馬　我道是誰（向楊介）楊妹丈是咱內親為何也不竟進

楊　如今親不敵貴了

馬　說那裏話（向阮介）圓老一向來熟了的為何也等人傳

阮　　府體尊嚴豈敢冒昧.

馬　　這就見外了.

馬　（讓馬台坐打恭介）

　　　吾輩得施爲.

　　　正好談花心底.

　　　蘭友瓜戚.

　　　門外不須倒屐.

　　　休疑.

　　　總是一班桃李.

　　　相逢處.

　　　每把臂傾盃.

　　　何必拘冠裳套禮.

　　　俺肯堂堂相府.

　　　賓從疎稀——

　　　　　　　（好事近）

（茶到讓馬先取打恭介）

馬　今日天氣微微寒正宜小飲

阮楊　（打恭介）正是

馬　纔下朝來日已過午晝短夜長．差了三箇時辰了．

阮楊　（打恭介）是是皆老師相調燮之功也．

（喫茶完．讓馬先放茶杯打恭介）

馬（問長班介）怎麼越田二位還不見到．

長班　越老爺痔漏發了早有辭帖田老爺明日起身打發家眷上船．夜間纔來辭

行．

馬　罷了．吩咐排席．

（吹打排三席安坐介）

阮楊　（謙恭告坐介）

（入坐飲介）

馬　朝罷袖香微．

換了輕裘朱履．

陽春十月．

梅花早破紅蕊．

南朝雅客．

半間堂且說風流嘴．

拚長宵讀畫評詩．

歎吾黨知心有幾───（泣顏回）

阮　（問介）相府連日宴客都是那幾位年翁．

馬　總是吾黨但不如兩公風雅耳．

楊　（問介）是誰．

馬　（喚介）長班擎客單來看．

長班　客單在此．

阮　（接看介）張孫振袁弘勳黃鼎張捷楊維垣．

楊　果然都是大有經濟的．

馬　箇箇是學生提拔如今皆成大僚了．

阮　（打恭介）晚生等巳廢之員還蒙起用老相公爲國吐握眞不啻周公矣．

馬　豈敢.（拱介）二位不比他人.明日囑託吏部.還要破格超陞.

楊　（打恭介）

阮　（跪介）多謝提拔.

馬　（拉起介）

阮楊　提攜.

鎩羽忽高飛.

劍出豐城獄底.

隨朝待漏.

猶如狗續貂尾.

華筵一飲.

出公門.

滿面春風起.

這恩榮錫袞封圭.

不比　那登龍御李.（起介）——（泣顏回換頭）

（起介）

馬　撤了大席．安排小酌．我們促膝談心．

（設一席更衣圍坐介）

馬　也不再把盞了．

阮楊　豈敢重勞．

二价（獻賞封介）

馬（搖手介）不必不必．花間雅集．又無梨園．怎麼行這官席之禮．

阮　舍下小班．日日得閒．為何不喚來承應．

馬　圓老見慣的．另請別客來領教罷．

妙部新奇．

見慣司空自品題．

阮　是是名園山水清音美．

又何用絲竹隨——（太平令）

楊（笑介）從來名花傾國缺一不可．今日紅梅之下梨園可省．倒少不了一聲曉風殘

月哩．

半放紅梅．
只少韋娘一曲催．

馬　（大笑介）妹丈多情，竟要做箇蘇州刺史了。

蘇州刺史魂消矣．
想一箇麗人陪——　（太平令）

這也容易．（吩咐介）叫長班傳幾名歌妓快來伺候．

長班　稟老爺要舊院的要珠市的（註一）

馬　（向楊介）請敎楊姑老爺．

楊　小弟物色已多，總無佳者，只有舊院李香君新學牡丹亭，倒還唱得出．

馬　（吩咐介）長班快去喚來．

長班　（應下）

阮　（問楊介）前日田百源用金三百．要娶做妾的，想是他了。

楊　正是．

馬　（問楊介）爲何不娶去．

楊　可笑這箇獃丫頭，要與侯朝宗守節，斷斷不從，俺往說數次，竟不下樓，令我

馬　（怒介）有這大膽奴才．

掃輿而回．

馬　（怒介）不知開府爪牙威．

殺人如同虮蝨．

笑他命薄煙花鬼．

好一似蛾撲燈蕊．

馬　（大怒介）了不得了不得一位新任漕撫擎銀三百買不去一箇妓女豈有此理．

阮　這都是侯朝宗教壞的前番辱的晚生也不淺．

難道是珍珠一斛．

偏不能換蛾眉－－－（風入松）

阮　田漕臺是老師相的鄉親被他羞辱所關不小．

馬　正是等他來時自有處法．

長班　（上）稟老爺小人走到舊院尋着香君他推託有病不肯下樓．

馬　（尋思介）也罷叫長班家人拏着衣服財禮竟去娶他

不須月老幾番催．

一霎紅絲聯喜．

花花綵轎門前擠．

不少欠分毫茶禮．

莫管他鴇子肯不肯竟將香君拉上轎子．今夜還送到田漕撫船上．

驚的他迷離似癡．

只當煙波上遇湘妃．

長班（急趨下）

阮（喜介）妙妙這纏燥脾．

楊　天色太晚我們告辭罷．

馬　正好快談爲何就去．

阮　動勞久陪晚生不安．

（俱起打恭介）

馬　還該遠送一步．

阮楊　不敢（連打三恭）

馬（先入內介）

一八

阮　難得令舅老師相在鄉親面上．動此義舉龍老也該去幫一幫．

楊　如何去幫．

阮　舊院是你熟遊之處．竟去拉下樓來．打發起身便了．

楊　也不可太難為他．

阮（怒介）這還便益了他想起前番就處死這奴才難洩我恨．

當年舊恨重提起．

便折花損柳心無悔．

那侯朝宗空空梳櫳了一番看

今日琵琶抱向阿誰．

阮　封侯夫壻幾時歸．

楊　獨守妝樓掩翠幃．

阮　不解巫山風力猛．

楊　三更卽換雨雲衣．

（註一）板橋雜記云．「珠市在內橋傍曲巷．逶迤屋宇湫隘．然其中時有麗人．惜限於地．不敢與舊院頡頏。」

第二十二齣　守樓

「離別沈吟幾回顧

遊絲夢斷花枝悟

翻笑行人怨落花

從前總被春風誤」

時間　明崇禎十七年甲申十月．

地點　南京秦淮河舊院媚香樓．

人物　長班――外、小生．

　　　楊龍友――末．

　　　衆雜――雜．

　　　保兒――雜．

　　　李貞麗――小旦

　　　李香君――旦

布景　幕外

備用物　內閣燈籠二．衣包．銀封．綵轎．

長班（擎內閣鐙籠衣銀跟轎上。）
　　　天上從無差月老．
長班　人間覺有錯花星．
長班　我們奉老爺之命．硬娶香君．只得快走．
長班　舊院李家母子兩個．知他誰是香君．
楊龍友（急上呼介）轉來同我去罷．
外（見介）楊姑老爺肯去定娶不錯了．
（同行介）月照清溪水．
　　　霜沾長板橋．
保兒（上）繞關後門．又開前庭．
　　　迎官接客．卑職驛丞．
（問介）那箇叫門．
　　　快開門來．
外　快開門來．
保兒（開門驚介）呵呀鐙籠火把．轎馬人夫．楊老爺來誇官了．
楊　哇快喚貞娘出來．

保兒 （大叫介）媽媽出來楊老爺到門了．

李貞麗 （急上問介）老爺從那裏赴席回來麼

楊　　適在馬舅爺相府特來報喜

麗　　有什麼喜

楊　　有箇大老官來娶你令嬡哩（指介）

麗　　你看這綵轎青衣門外催．

　　　你看這三百花銀．

　　　一套繡衣．

麗　　（驚介）是那家來娶怎不早說．

楊　　你看鐙籠大字成雙對。

　　　是中堂閣內

麗　　就是內閣老爺自己娶麼．

楊　　非也．

　　　同鄉至戚．

　　　漕撫田公．

贈箇佳人捧玉杯。——（漁家傲）

麗　田家親事久已回斷。如何又來歪纏。

小生（孥銀交介）你就是香君麼。請受財禮。

麗　待我進去商量。

外　相府要人。還等你商量快快放了銀子。出來上轎罷。

楊　他怎敢不去。你們在外伺候。待我孥銀進去催他梳洗。

（楊接銀保兒接衣同麗作進介）

小生外　我們且尋箇老表子燥脾去。（俱暫下）

（麗楊保兒作上樓介）（幕開）

布景二　李香君妝樓。

備用物　詩扇繡衣梳包頭。血點扇。

楊（喚介）香君睡下不曾。

李香君（上）有甚緊事。一片吵鬧。

麗　你還不知麼。

香（見楊介）想是楊老爺要來聽歌。

麗　還說什麼歌不歌哩。

忙忙的來交聘禮．兜兜的強奪歌妓．對著面一時難迴避．執著名別人誰替．

香 （驚介）説殺奴也又是那箇天殺的．還是田仰又借著相府的勢力．硬來娶你．

麗 堪悲──青樓薄命．

一霎時楊花亂吹．──（剔銀鐙）

麗 （白楊介）楊老爺從來疼俺母子為何下這毒手

楊 不干我事那馬瑤草知你拒絕田仰動了大怒差一班惡僕登門强娶下官怕你受氣特為護你而來

麗 這等多謝了還求老爺始終救解

楊 依我說三百財禮也不算喫虧香君嫁箇漕撫也不算失所你有多大本事能敵他兩家勢力．

嬲（思介）楊老爺說的有理。看這局面。拗不去了。孩兒趁早收拾下樓罷。

香（怒介）媽媽說那裏話來。當日楊老爺作媒。媽媽主婚。把奴嫁與侯郎。滿堂賓客。誰沒看見現收著定盟之物。（急向內取出扇介）這首定情詩。楊老爺都看過。難道忘了不成。

一夜夫妻。萬種恩情。宮紗扇現有詩題。盟誓怎移。他是我終身倚。案齊眉

楊　那侯郎避禍逃走。不知去向。設若三年不歸。你也只顧等他麼。

香　便等他三年。便等他十年。便等他一百年。只不嫁田仰。

楊　呵呀。好性氣。又像摘翠脫衣駡阮圓海的那番光景了。

香　可又來。阮田同是魏黨。阮家妝奩尚且不受。到去跟着田仰麼。

（內喊介）夜已深了。快些上轎還要趕到船上去哩。

麗　（勸介）傻丫頭．嫁到田府少不了你們喫穿哩．

香　呸．我立志守節豈在溫飽．

麗　忍寒飢．

決不下這翠樓梯——（攤破錦地花）

麗　事到今日也顧不的他了．（叫介）楊老爺放下財禮．大家幫他梳頭穿衣．

香　（持扇前後亂打介）

楊　好利害．一柄詩扇倒像一把防身的利劍．

麗　草草妝完抱他下樓罷．

楊　（抱介）

香　（哭介）奴家就死不下此樓．（倒地撞頭暈臥介）

麗　（驚介）阿呀我兒甦醒．竟把花容碰了箇稀爛．

楊　（拾扇介）你看血噴滿地連這詩扇都濺壞了．（拾扇付保兒介）

麗　（喚介）保兒扶起香君且到臥房安歇罷．

保兒　（扶香下）

（內喊介）夜已三更了。誑去銀子。不打發上轎。我們要上樓拏人哩。

楊（向樓下介）管家略等一等。他母子難捨其實可憐的。

麗（急介）孩兒碯壞外邊聲聲要人這怎麼處。

楊 那宰相勢力你是知道的這番羞了他去。你母子不要性命了。

麗（怕介）求楊老爺救俺則箇。

楊（怕介）沒奈何且尋箇權宜之法罷。

麗 有何權宜之法。

楊 娼家從良原是好事。況且嫁與田府不少喫穿。香君既沒造化你倒替他享受去罷。

麗（急介）這斷不能一時一霎叫我如何捨的。

楊（怒介）明日早來拏人看你拾得捨不得。

麗（呆介）也罷叫香君守著樓我去走一遭兒。（想介）不好不好只怕有人認的。

楊 我說你是香君誰能辨別。

麗 既是這等少不得又妝新人了。（忙打扮完介）（向內叫介）香君我兒。

楊 好好將息我替你去了。（又囑介）三百兩銀子替我收好不要花費了。

楊（扶麗下樓介）

麗　下樓下樓三更夜．

紅鐙滿路輝．

出戶出戶寒風起．

看花未必歸．

小生外（打鐙撞轎上）好好新人出來了．快請上轎．

麗（別楊介）別過楊老爺罷．

楊　前途保重後會有期．

麗　楊老爺今晚且宿院中照管孩兒．

楊　自然．

麗（上轎介）

蕭郎從此路人窺．

侯門再出豈容易

（行介）

捨了笙歌隊

今夜伴阿誰。——（麻婆子）

（俱下）

楊（笑介）貞娘從良。香君守節。雪了阮兄之恨。全了馬舅之威。將李代桃。一舉四得。倒也是箇妙計（嘆介）只是母子分別未免傷心。

鐙昏被冷有誰知。

燕子樓中人臥病。

一曲歌同易水悲。

匆匆夜去替蛾眉。

第二十三齣　寄扇

相思莫寫上楊花。

恐被風吹。

愁起滿天涯。

虞美人

李香君詞。

時間　明崇禎十七年甲申十一月．

地點　南京秦淮河舊院媚香樓．

人物

　李香君——旦．

　楊龍友——末．

　蘇崑生——淨．

布景　李香君妝樓．戶掛鸚鵡，枕畔睡狸貓，門前桃花盛開．

備用物　血點扇畫盞畫筆桃花扇手帕頭繩．

李香君（包帕病容上）

　胭脂紅讓嬌．

　血痕一縷在眉梢．

　香爐嬾去燒．

　寒風料峭透冰綃．

　　　　　★　　　　★　　　　★

　孤影怯．

　弱魂飄．

　春絲命一條．

三〇

滿樓霜月夜迢迢．

天明恨不消──（醉桃源）

（坐介）奴家香君一時無奈用了苦肉之計得遂全身之節．只是孤影雙身臥病

空樓冷帳寒衾無人作伴好生淒涼．

凍雲殘雪阻長橋．

閉紅樓冶遊人少．

闌干低雁字．

簾幙掛冰條．

炭冷香消．

人瘦晚風峭──（北新水令）

奴家雖在青樓那些花月歡場從今罷却了．

繡戶蕭蕭

鸚鵡呼茶聲自巧．

香閨悄悄．

桃花扇註（下）

三一

雪狸偎伴枕睡偏牢．

榴裙裂破舞風腰．

鸞韆剪碎凌波勒．

愁多病轉饒．

這妝樓再不許風情鬧．——（駐馬聽）

想起侯郎匆匆避禍不知流落何所怎知奴家獨住空樓替他守節也．（起唱

介）

記得一霎時嬌歌與掃．

半夜裏濃雨情拋．

從桃葉渡頭尋．

向燕子磯邊找．

亂雲山風高雁杳．

　那知道梅開有信．

人去越遙．

凭欄凝眺．

盈盈秋水．酸風凍了．——（沉醉東風）

可恨惡僕盈門．硬來娶俺俺怎肯負了侯郎

欺負俺賤煙花薄命飄飄

倚著那丞相府忒驕傲

得保住這無瑕白玉身

兔不得揉碎如花貌．——（鴈兒落

最可憐媽媽替奴當災飄然竟去．（指介）你看牀榻依然．歸來何日．

恰便似桃片逐雪濤．

柳絮兒隨風飄．

袖掩春風面．

黃昏出漢朝．

蕭條——

滿被塵無人掃．

桃花扇註（下）

三三

寂寥．——

花開了．獨自瞧．——（得勝令）

說到這裏不覺一陣傷心（掩淚坐介）

這肝腸似攪．

淚點兒滴多少．

也沒箇姊妹閒相邀．

聽那掛簾櫳的鉤自敲．——（喬牌兒）

獨坐無聊．不免取出侯郎詩扇展看一回（取扇介）噯呼．都被血點兒汙壞

了．這怎麼處．

你看疎疎密密．

濃濃淡淡．

鮮血亂蘸．

不是杜鵑拋．

是臉上桃花

做紅雨兒飛落，
一點點濺上冰綃．
——（甜水令）

叫奴家揉開雲鬢．
侯郎侯郎這都是為你來．
折損宮腰．
睡昏昏似妃葬坡平．
血淋淋似姜墮樓高．
怕旁人呼號．
捨著俺軟丟答的魂靈沒人招．
銀鏡裏朱霞殘照．
鴛枕上紅淚春潮．
恨在心苗．
愁在眉梢．
洗了胭脂．

浣了鮫綃。——（折桂令）

楊文聰（便服上） 一時因倦起來，且在妝臺盹睡片時。（壓扇睡介）

　　認得紅樓水面斜

　　一行衰柳帶殘鴉

蘇崑生（上） 銀箏象板佳人院

　　風雪今同處士家

楊（回頭見介） 呀蘇崑老也來了。

蘇 貞娘從良香君獨住，放心不下。故此常來走走。

楊 下官自那晚打發貞麗起身，守了香君一夜。這幾日衙門有事，不得脫身。方纔城東拜客，便道一瞧。

（入介）

蘇 香君不肯下樓。我們上去一談罷。

楊 甚好。

（登樓介）

楊． 你看香君抑鬱病損，因睡妝臺，且不必喚他。

三六

蘇（看介）這柄扇兒展在面前．怎麼有許多紅點兒．

楊　此乃侯兄定情之物一向珍藏不肯示人想因面血濺汚．晾在此間．（抽扇看介）幾點血痕紅豔非常．不免添些枝葉替他點綴起來．（想介）沒有

蘇　綠色怎好

楊　待我採摘盆草．扭取鮮汁權當顏色罷．

蘇　（取草汁上）

楊　（畫介）

蘇　妙極

楊　葉分芳草綠．花借美人紅．

（畫完介）

蘇　（看喜介）妙妙竟是幾筆折枝桃花．

楊（大笑指介）眞乃桃花扇也．

香（驚醒見介）楊老爺蘇師父都來了．奴家得罪．（讓坐介）

楊　幾日不曾來看．額角傷痕漸已平復了．（笑介）下官有畫扇一柄奉贈妝臺．（付香扇介）

香（接看介）這是奴的舊扇血跡腌臢．看他怎的．（入袖介）

蘇　扇頭妙染．怎不賞鑑．

香　幾時畫的．

楊　得罪得罪．方纔點壞了．

香（看扇嘆介）咳．桃花薄命扇底飄零．多謝楊老爺替奴寫照了．

一朵朵傷情──
春風嬾笑．
一片片消魂──
流水愁漂．
摘下的嬌色──
天然蘸好．
便妙手徐熙．
怎能畫到．
櫻脣上調朱．
蓮腮上臨稿．

寫意兒幾筆紅桃．

補襯些翠枝青葉．

分外夭夭．

薄命人——

寫了一幅桃花照．——（錦上花）

楊　你看這柄桃花扇少不得箇顧曲周郎難道青春守寡竟做箇入月嬋娥不

香　成．

蘇　說那裏話那關盼盼也是煙花何嘗不在燕子樓中關門到老．

香　明日侯郎重到你也不下樓麼．

楊　那時錦片前程儘俺受用何處不許遊要豈但下樓．

香　香君這段苦節今世少有（向蘇介）崑老看師弟之情尋著侯郎將他送

蘇　去也省俺一番懸掛．

楊　是是一向留心訪問知他隨任史公住淮半載自淮來京自京到揚今日又

同著高兵防河去了晚生不日還鄉順便找尋（向香介）須得香君一書

纔好．

香（向楊介）奴家言不成文求楊老爺代寫罷

楊　你的心事叫俺如何寫的出

香（尋思介）罷罷奴的千愁萬苦俱在扇頭就把這扇兒寄去罷

蘇（喜介）這封家書倒也新樣

香　待奴封他起來（封扇介）

揮灑銀毫．

舊句他知道．

點染紅么．

新畫你收着．

便面小．

血心腸一萬條．

手帕兒包．

頭繩兒繞．

抵過錦字書多少．——

（碧玉篇）

四〇

蘇（接扇介）待我收好了。替你寄去。

香　師父幾時起身。

蘇　不日束裝了。

香　只望早行一步。

蘇　曉得。

楊　我們下樓罷（向香介）香君保重。你這段苦節。說與侯郎。自然來娶你的。

蘇　我也不再來別了。正是

蘇　舊院常關燕子樓。

楊　新書遠寄桃花扇。

（下）

香（掩淚介）媽媽不歸。師父又去。妝樓獨閉。益發悽涼了。

鶯喉歇了南北套。

冰絃住了陳隋調。

脣底罷吹簫。

笛兒丟。

笙兒壞．

板兒掠．

只願扇兒寄去的速．

師父束裝得早．

三月三劉郎到了．

攜手兒下妝樓．

桃花粥喫箇飽．——（鴛鴦煞）

書到梁園雪未消．

青谿一道阻春潮．

桃根桃葉無人問．

丁字簾前是斷橋．

第二十四齣 罵筵

俺做個女禰衡．

撾漁陽.
聲聲罵.
看他懂不懂.
——本詞.

時間　明福王二年正月初八日.

地點　南京.

人物

阮大鋮　——　副淨.

卞玉京　——　老旦.

丁繼之　——　副淨.

沈公憲　——　外.

張燕筑　——　淨.

寇白門　——　小旦.

鄭妥娘　——　丑.

差役　——　雜.

李香君　——　旦.

馬士英　——　淨.

楊文驄——末．

從人——外小生．

布景一　阮大鋮私邸賞心亭．

阮大鋮（吉服上）

風流代．

又遭逢．

六朝金粉樣．

我偏通．

正管領煙花．

銜名供奉．

簇新新帽烏襯袍紅．

皁皮靴綠縫．

皁皮靴綠縫——（縷縷金）

（笑介）我阮大鋮虧了貴陽相公破格提挈又取在內庭供奉今日到任回

來．好不榮耀．且喜今上性喜文墨．把王鐸〔註一〕補了內閣大學士．錢謙益〔註二〕
補了禮部尚書區區不才．同在文學侍從之班．天顏日近如無不言前日進了
四種傳奇聖上大悅立刻傳旨命禮部採選宮人．要將燕子箋被之歌聲為中
興一代之樂我想這本傳奇精深奧妙倘被俗手教壞豈不損我文名因而乘
機啟奏生口不如熟口清客強似教手聖上從諫如流就命廣搜舊院大羅秦
淮挈了清客妓女數十餘人交與禮部揀選前日驗他色藝都只平常還有幾
箇有名的都是楊龍友舊友求請免選下官只得勾去昨見貴陽相公說道教
演新戲是聖上心事難道不選好的倒選壞的不成只得又去傳他尚未到來
今乃乙酉新年人日佳節下官約同龍友移樽賞心亭邀俺貴陽師相飲酒看
雪早巳吩咐把新選的妓女帶到席前驗看正是花柳筵歌隋事業談諧裙展

晉風流（下）

卞玉京（道妝背包急上）

家住蕊珠宮．

恨無端業海風．

把人輕向煙花送．

桃花扇註（下）

四五

喉尖唱腫．

裙腰舞鬆．

一生魂在巫山洞．俺卞玉京今日為何這般打扮只因朝廷搜擎歌妓．逼俺斷了塵心（註三）昨已

別過姊妹換上道妝飄然出院但不知那裏好去投師

望城東雲山滿眼．

仙界路無窮．（黃鶯兒）

（飄颯下）

丁繼之沈公憲、張燕筑、（上）

丁

正把秦淮簫弄．

看名花好月．

亂上簾櫳．

鳳紙氽名喚樂工．

南朝天子春心動．

丁　我丁繼之年過六旬．歇板久抛前日託過楊老爺．免我前往怎的今日又傳起來了．

沈張　俺兩個也都是免過的．不知又傳有何話說．

丁　兩位老弟大家商量我們一班清客感動皇爺召去敎歌也不是容易的．

沈張　正是．

丁　二位青年上進該去走走我老漢多病年衰也不望甚麼際遇了．今日我要躱過求二位遮蓋一二．

沈　這有何妨太公釣魚願者上鈎．

張　是是難道你犯了王法定要拏去審問不成．

丁　既然如此我老漢就回去了．（回行介）

（拱介）

　　森森亂松．

　　逍遙尋路．

　　靑靑遠峯．

　　急忙回首．

（頓足介）若不離了塵埃怎能免得牽絆．（袖出道巾黃絲換介）（轉頭呼介．

桃花扇註（下）

四七

道人醒了揚州夢．(註四)（卓羅袍）（搖攤下）

）二位看俺打扮罷．

沈　唉他竟出家去了．好很心也．

張　我們且坐廊下曬暖待他姊妹到來同去禮部過堂（坐地介．）

寇白門、鄭妥娘（上）（差役跟上）

寇　桃片隨風不結子．

鄭　柳綿浮水又成萍（望介．）你看老沈老張不約俺一聲兒先到廊下向暖．

我們走去打他個耳刮子（作見譚介．）

沈（問差役介）又傳我們到那裏去．

差役　傳你們到禮部過堂送入內庭教戲．

沈　前日免過俺們了．

差役　內閣大老爺不依定要借重你們幾個老清客哩．

張　是那幾個．

差役　待我朧朧票子（取票看介）丁繼之．沈公憲，張燕筑（問介）那個姓丁

的如何不見．

沈　他出家去了．

差役、既出了家．沒處尋他．待我回官罷．（向張沈介）你們到了的．覓往禮部過

堂去．

張　　等他姊妹們到齊著．

差役　今日老爺們秦淮賞雪．吩咐帶着女客．席上驗看哩．

沈張　既是這等．我們先去了．正是傳歌留樂府撫笛傍宮牆（下）

差役　（看票問寇介）你是寇白門麼．

寇　　是．

差役　（問鄭介）你是卞玉京麼．

鄭　　不是．我是老妥．

差役　是鄭妥娘了．（問介）那卞玉京呢．

鄭　　他出家去了．

差役　咦怎麼出家的都配成對兒．（問介）後邊還有個脚小走不上來的．想是

寇　　李貞麗了．

差役　不是．李貞麗從良去了．

寇　　我方才拉他下樓．他說是李貞麗．怎的又不是．

鄭　　想是他女兒頂名替來的．

差役　　母子總是一般．只少不了數兒就好了．（望介）他早趕上來也．

李香君　下紅樓殘臘雪濃．

過紫陌早春泥凍．

不慣行走．

腳兒十分痛．

傳鳳詔．

選蛾眉．

把絲鞭．

騎驕馬．

催花使亂擁．──（忒忒令）

奴家香君．被捉下樓叫去學歌．是俺烟花本等．只有這點志氣．就死不磨．

差役（喊介）快些走動．

香（到介）

寇　　你也下樓了．屈傴屈膺．

鄭　　我們造化．就得伏侍皇帝了．

香　　情願奉讓罷．（同行介）

差役　　布景三　阮大鋮私邸賞心亭．
　　　　備物　雪畫軸桌席二茶酒鑪茶酒壺．
　　　　前面是賞心亭了．內閣馬老爺光祿阮老爺兵部楊老爺．少刻卽到．你們各
　　　　人整理伺候．（同寇鄭下）

香　　（私語介）難得他們湊來一處正好吐俺胸中之氣．

　　　　趙文華陪著嚴嵩．
　　　　抹粉臉席前趨奉．
　　　　醜腔惡態．
　　　　演出眞鳴鳳．
　　　　俺做箇女禰衡．
　　　　擂漁陽．
　　　　聲聲罵．

桃花扇脞（下）

五一

看他懂不懂。——（武武令）

馬士英阮大鋮楊文聰從人（喝道上）

香（避下）

阮　瓊瑤樓閣朱微抹。

楊　金碧峯巒粉細勾。

馬　好一派雪景也。

阮　這座賞心亭原是看雪之所。

馬　怎麽原是看雪之所。

阮　宋真宗曾出周昉雪圖賜與丁謂說道卿到金陵可選一絕景處張之因建此亭。

馬（看壁介）這壁上單條想是周昉雪圖了。

楊　非也這是畫友藍瑛新來見贈的。

馬　妙妙你看雪壓鍾山正對圖畫賞心勝地無過此亭矣。

楊（吩咐介）就把鑪榼遊具擺設起來。

（從人設席坐介）

阮（向馬介）荒亭艸具特愛高攀着實得罪了。

馬　說那裏話．可笑一班小人．奉承權貴費千金盛設做十分醜態．一無所取徒

　　傳笑柄．

阮　晚生今日掃雪烹茶清談攀教顯得老師相高量雅懷晚生輩也免了幾筆

馬　粉抹．

　　呵呀那戲場粉筆最是利害一抹上臉．再洗不掉雖有孝子慈孫．都不肯認

楊　做祖父的．

馬　雖然利害卻也公道原以做戒無忌憚之小人．非爲我輩而設．

楊　據學生看來都噢了奉承的虧．

馬　爲何

楊　你看前輩分宜相公嚴嵩何嘗不是一個文人．現今鳴鳳記（註五）裏抹了花

阮　臉着實醜看豈非趙文華輩奉承壞了．

　　（打恭介）是是老師相是不喜奉承的晚生惟有心悅誠服而已．

楊　請酒（同舉杯介）

阮（問從人介）選的妓女可曾叫到了嗎．

從人（稟介）叫到了．

差役（領妓女叩頭介）

馬（細看介）（盼咐介）今日雅集用不著他們．叫他禮部過堂去罷．

阮　特令到此伺候酒席的．

馬　留下那個年小的罷．（衆下）

馬　（問介）他喚什麼名字

差役（稟介）李貞麗．

馬　（笑介）麗而未必貞也．（笑向阮介）我們扮過陶學士了．再扮一折當太尉如何．

阮　妙妙．（喚介）貞麗過來斟酒唱曲

香（搖頭介）

馬　如何搖頭．

李　不會．

馬　呵呀樣樣不會怎稱名妓

香　原非名妓．（掩淚介）

馬　你有甚心事容你說來．

香　妾的心中事亂似蓬．

　　幾番要向君王控．

　　拆散夫妻驚魂迸．

五四

割開母子鮮血湧．

比那流賊還猛．

做啞裝聾．

罵著不知惶恐——

　　　　　（江兒水）

馬

原來有這些心事．

這個女子卻也苦了．

阮

今日老爺們在此行樂．不必只是訴冤了．

楊

楊老爺知道的奴家冤苦也值當不的一訴．

香

堂堂列公．

半邊南朝．

望你崢嶸．

出身希貴寵．

創業選聲容．

後庭花又添幾種．

桃花扇註（下）

把俺胡撮弄．

對寒風雪海冰山．

苦陪觴詠──（五供養）

馬（怒介）唗妮子胡言亂道該打劄了．

阮　聞得李貞麗原是張天如夏彝仲輩品題之妓．自然是放肆的．該打該打．

楊　看他年紀甚小未必是那個李貞麗

香（恨介）便是他待怎的

東林伯仲．

俺青樓皆知敬重．

乾兒義子從新用．

絕不了魏家種．

阮　好大膽罵的是那個快快探去丟在雪中．

從　（採香推倒介）

冰肌雪腸原自同．

五六

鐵心石腹何愁凍．

阮　這奴才當著內閣大老爺這般放肆．叫我們都開罪了．可恨可恨．（下席踢

李介）

楊（起拉介）

馬　罷罷這樣奴才．何難處死只怕妨了俺宰相之度、

楊　是、是丞相之尊娼女之賤天地懸絕何足介意

阮　也罷啓過老師相送入內庭揀著極苦脚色叫他去當．

馬　遣也該的．

楊　著人拉去罷

差役（拉香介）

香　奴家已拚一死．

楊　吐不盡鵑血滿胸．

馬　吐不盡鵑血滿胸——（玉交枝）

（拉香下）

馬　好好一箇雅集被這奴才攪亂壞了．可笑可笑．

阮楊〔連三揖介〕得罪得罪望乞海涵另日竭誠罷。

馬　與盡且回春雪棹。

阮　客羞應斬美人頭。

馬阮從人喝道下

楊〔弔場介〕可笑香君繞下樓來偏撞兩個冤對這場是非免不了的若無下官遮蓋香

君性命也有些不妥哩罷罷選入內庭到也省了幾日懸挂只是媚香樓無

人看守如何是好〔想介〕有了畫友藍瑛託俺尋寓就接他暫住樓上待

香君出來再作商量

賞心亭上雪初融。煑鶴燒琴宴鉅公。

惱殺秦淮歌舞伴不同西子入吳宮。

（註一）王鐸字覺斯孟津人甲申八月補大學士後降淸。

（註二）錢謙益字受之號牧齋常熟人本東林老名士初主張立潞王圖擁戴功福王立轉媚馬
阮甲申六月補禮部尙書後降淸。

（註三）吳梅村聽女道士卞玉京彈琴歌云：『昨夜城頭吹篳篥敎坊也被傳呼急碧玉班中怕
點留東營門外盧家泣私更裝束出江邊恰遇丹陽下水船韶就黃絁貪入道攜手絲綺詐嬋娟
』本齣叙玉京入道始末本此但梅村所謂「敎坊傳呼」似是淸兵渡江後事本書借用之於
弘光時耳。

五八

（註四）丁繼之出家事未聞。

（註五）鳴鳳記傳奇王弇州撰演楊繼盛劾嚴嵩事。

第二十五齣　選優

新詩細字寫冰紈，

小部君王帶笑看。

千古秦淮嗚咽水，

不應仍恨孔都官。

王阮亭秦淮雜詠。

南朝天子一愁無，

石子岡連玄武湖。

草綠離宮人不見，

日長惟勅阮佃夫。

無名氏臺城絕句。

時間　明崇禎十八年乙酉正月九日。

地點　南京薰風殿。

人物

沈公憲......外
張燕筑......淨
寇白門......小旦
鄭妥娘......丑
阮大鋮......副淨
弘光帝......小生
李香君......旦
四內監......雜

布景

正中懸薰風殿扁．兩旁懸聯書．「萬事不如杯在手．百年幾見月當頭」款書東閣大學士臣王鐸奉勅書（註一）

備用物：薰風殿額．對聯果盒酒壺酒杯十番樂器宮扇曲本．

沈公憲、張燕筑寇白門鄭妥娘（同上）
天子多情愛沈郎．
張　當年也是畫眉張．
寇　可憐一樹白門柳．
鄭　讓我風流鄭妥娘．

沈　我們被選入宮，伺候兩日，怎麼還不見動靜。

張（仰看介）此處是薰風殿，乃奏樂之所，聞得聖駕將到，選定脚色，就叫串戲哩。

沈　如何名薰風殿。

張　你不曉得琴曲裏有一句「南風之薰兮」，取這箇意思。

鄭　你們男風興頭，要我們女客何用。

寇　我們女客得了寵睿，做箇大嬪妃，還强如他男風哩。

鄭　正是，他男風得了寵睿，到底是箇小兄弟。

張　好徒弟駡及師父了。

沈　咱們掌了班時，不要饒他。

張　誰肯饒他，明日教動戲叫老妥試試我的鼓槌子罷。

鄭（嗤笑指介）你老張的鼓槌子，我曾試過沒和午的。

衆（笑介）

阮大鍼（冠帶上）

　　漢宮如畫。

　　春曉珠簾挂。

待粉蝶黃鶯兒打．

歌舞西施．

文章司馬．

廝混了紅袖烏紗．——（邁地游）

（見介）你們俱已在此怎的不見李貞麗哩．

寇　他從雪中一跌至今忍痛臥病在廊下哩．

阮　聖駕將到選定脚色就要串戲怎麼由得他的性兒．

衆　是是俺們拉他過來．

（同下）

阮（自語介）李貞麗這箇奴才．如此可惡今日淨丑脚色一定借重他了．

二內監（執龍扇前引弘光帝）二監（提壺捧盒隨上）

弘光　滿城煙樹問梁陳．

高下樓臺望不眞．

原是洛陽花裏客．

偏來管領秣陵春．

（坐介）寡人登極御宇．將近一年．幸虧四鎮阻擋流賊不能南下．雖有叛臣倡議．欲立潞藩昨已捕拏下獄目今外侮不來．內患不生正在采選淑女册立正宮這也都算小事只是朕獨享帝王之尊無多聲色之奉端居高拱好不悶也．

阮（跪介）光祿寺卿臣阮大鋮恭請萬安．

弘光　平身．

阮（起介）

弘光　看陽春殘雪早花．

　　　　蹙愁眉慵遊倦耍．

阮　　聖上安享太平正宜及時行樂慵遊倦耍．却是爲何．

弘光　朕有一椿心事料你也應曉得

阮　　想怕流賊南犯．

弘光　非也．

阻隔著黃河雪浪．

那怕他天漢浮槎．

弘光　想愁兵弱糧少.

阮　也不是俺有那

弘光　鎮淮陰諸猛將.

　　　轉江陵大糧艘.

阮　有甚爭差.

弘光　既不爲內外兵馬想爲正宮未立配德無人.

阮　也不爲此那禮部錢謙益采選淑女不日冊立（註二）

　　　有三妃九嬪.

弘光　教國宜家.

阮　益發說錯了.

　　　又不爲此臣曉得了.（私奏介）想因叛臣周鑣雷縯祚倡造邪謀.欲迎立

　　　潞王耳.

弘光　那奸人倡言惑衆.

　　　久已搜拏──（掉角兒序）

六四

阮（低頭沈吟介）却是爲何。

弘光　卿供奉內庭乃朕心腹之臣怎不曉得朕的心事。

阮（疑介）聖慮高深臣夷愚昧其實不能窺測伏望明白宣示以便分憂。

弘光　朕諭你知道罷朕貴爲天子何求不遂只因你所獻燕子箋乃中興一代之樂點綴太平第一要事今日正月初九日脚色尚未選定萬一誤了燈節豈不要惱（指介）你看閣部王鐸書的對聯道「萬事不如杯在手百年幾見月當頭」一年寧有幾箇元宵故此日夜躊躇飲膳俱減耳。

原來爲此巴里之曲有廑聖懷皆微臣之罪也（叩頭介）臣敢不鞠躬盡瘁以報主知（起唱介）

舞裀邊受寸賞．
但博得歌筵前垂一顧．
也情願懷抱琵琶．
恨不能腮描粉墨．
備供奉詠諧風雅．
忝卿僚填詞辨過．

御酒龍茶、三生僥倖、萬世榮華。這便是爲臣經濟、報主功閥──（掉角兒序）

（前問介）但不知內庭女樂少何腳色。

弘光　別樣腳色都還將就得過只有生旦小丑不愜朕意。

阮　　這也容易禮部送到清客歌妓現在外廂聽候揀選。

弘光　傳他進來。

阮　　領旨（急入領沈張香寇鄭上）

（俱跪介）

弘光（問沈張介）你二人是串戲清客麼。

沈張　不敢小民串戲爲生。

弘光　既會串戲新出傳奇也曾串過麼。

沈張　新出的牡丹亭燕子箋、西樓記都曾串過。

弘光　既會燕子箋。就做了內庭敎習罷。

沈張（叩頭介）

弘光（問介）那三箇歌妓。也會燕子箋麼。

寇鄭　也曾學過。

弘光（喜介）益發妙了。（問香介）這箇年小的。怎不答應。

香　　沒學。

阮　　（跪介）臣啟聖上。那兩箇學過的。例應派做生旦。這一箇沒學的。例應派做丑脚。

弘光　既有定例。依卿所奏。

寇鄭（叩頭介）

弘光　俱著起來。伺候串戲。

（俱起介）

鄭　　（背喜介）還是我老妥做了天下第一箇正旦。

弘光　（向阮介）卿把燕子箋摘出一曲叫他串來當面指點。

（沈張寇鄭隨意演燕子箋一曲）

阮　　（作態指點介）

弘光（喜介）有趣有趣。都是熟口。不愁扮演了。（喚介）長侍斟酒。慶賀三杯。

內監（進酒弘光飲介．）

弘光（起介）我們君臣同樂打一回十番何如．

阮　領旨

弘光　寡人善於打鼓你們各認樂器．

衆（打雨夾雪．一套完介）

弘光（笑介）十分憂愁消去九分了．（喚介）長侍斟酒再慶三杯．

內監（進酒弘光飲介）

舊吳宮重開館娃．

新揚州初教瘦馬．

淮陽鼓崑山絃索．

無錫口姑蘇嬌娃．

一件件鬧春風吹煖響．

翩晴煙飄冷袖．

宮女如麻．

紅樓翠殿．

景美天佳．

都奉俺無愁天子．

語笑喧譁．——（掉角兒序）

（看香介）那箇年小歌妓美麗非常派做丑脚太屈他了．（問介）你這箇年小

歌妓旣沒學燕子箋可曾學些別的麼

香　　學過牡丹亭．

弘光　這也好了你便唱來．

香（羞不唱介）

弘光　看他粉面發紅像是腼腆賞他一柄桃花宮扇遮掩春色．

內監（擲紅扇與香介）

香（持扇唱介）

　『爲甚的玉眞重溯武陵源．

　　也則爲水點花飛在眼前．

　　是他天公不費買花錢．

則咱人心生　有啼紅怨．

咳．

孤負了春二三月天．」——（嬾畫眉）（註三）

弘光（指介）看此歌妓聲容俱佳豈可長材短用還派做正旦罷（指鄭介）那箇黑

色的倒該做丑腳．

阮　領旨．

鄭（撅聲介）我老娘又不妥了．

弘光（向阮介）你把生丑二腳領去入班就叫清客二名用心教習你也不時指點．

阮（跪應介）是此乃微臣之專責豈敢憚勞（急領沈張寇鄭下）

弘光（向香介）你就在這薰風殿中把燕子箋腳本三日念會好去入班．

香　念會不難只是沒有腳本．

弘光（喚介）長侍你把王鐸鈔的楷字腳本賞與此旦．

內監（取腳本付香跪接介）

內監（進酒弘光飲介）

弘光（喜介）妙絕妙絕長侍斟酒再進三杯．

七〇

弘光　千年只有歌場樂．

萬事何須酒國愁．

內監（引下）

香（揾淚介）罷了．罷了．已入深宮．那有出頭之日．

鎖重門垂楊暮鴉．

映疏簾蒼松碧瓦．

涼颼颼風吹羅袖．

亂紛紛梅落宮鬂．

想起那拆鴛鴦離魂慘．

隔雲山相思苦．

會期難拏．

倩人寄扇．

擦損桃花．

到今日情絲割斷．

芳草天涯。——（掉角兒序）

（嘆介）沒奈何且去念去脚本或者天恩見憐放奴出宮。再會侯郎一面亦未可

知。

從此後入骨髓愁根難拔。

眞箇是廣寒宮姮娥守寡。

只這兩日呵

瘦損宮腰脧一把。——（尾聲）

長門關住碧桃花。

縱有春風無路入。

殿角淒涼自一家。

曲終人散日西斜。

（註二）甲申六月初九日錢謙益起爲禮部侍書同日禮部卽奏請立中宮。詔以列聖先帝之儀未報不許。十月命於杭州選淑女明年二月命於嘉興紹興二府選淑女四月親選淑女於元輝殿。

第二十六齣　賺將（註一）

怎鬭雄雌．
賴刀槍．
酒前茶後．
須提防．
　　——本書移防．

人物　侯朝宗——生．
　　　高傑——副淨．
　　　二將——淨．丑．
　　　四卒——雜．
　　　家將——外．
　　　二將——末．小生．

地點　睢州．

時間　明福王二年正月．

兵卒———衆雜．

布景一　睢州高傑營帳內．

備用物　旗仗印牌．

侯朝宗（上）

水驛山城煙靄．

花村酒肆塵埋．

百里白雲親舍近．

不得斑衣效老萊．

從軍心事乖———（破陣子）

小生侯方域奉史公之命監軍防河．爭奈主將高傑．性氣乖張．將總兵許定國
當面責罵只恐挑起爭端難於收救不免到中軍帳內勸諫一番（入介）

高傑（上）一聲叱退黃河浪兩手推開紫塞煙（相見坐介）先生入帳有何見教．

侯　　　小生千里相隨只爲防河大事今到睢州呵

高傑　　威名震．

　　　　人人驚魄．

高

侯

家家進移宅．
雞犬不留羣．
軍民少寗刻．
營中一嚇．
帳中一責．
敵國在蕭牆．
禍事恐難測．(註二)——（四邊靜）

那許定國擁兵十萬誇勝爭強咋日教場點卯．一箇箇老弱不堪．欺君糜餉．

本當軍法從事責罵幾聲也算從輕發落了．

元帥差矣．

此時山河一半改．
倚著忠良帥．
速奏凱．
收拾人心．

招納英材.
莫將釁端開.
成功業.
只在將和諧——（福馬郎）

高　雖如此說那許定國託病不來．倒請俺入城飲酒總是十分懼怕了．俺看雎州城外四面皆水只有單橋小路也是可守之邦．明日叫他讓出營房留俺歇馬．他若依時便罷若不依時俺便奪他印牌另委別將卻也容易．

侯（搖手介）這事萬萬行不得昨日教場一鬨爭端一起自古道強龍不壓地頭蛇．他在脣齒肘臂之間早晚生心如何防備．

高（指侯介）書生之見益發可笑．俺高傑威名蓋世便是黃劉三鎮也拜下風這許定國不過走狗小將有何本領俺倒防備起他來．

侯（打恭介）是是是元帥既有高見小生何用多言就此辭歸（註三）覓在鄉園中打聽元

高（拱介）帥喜信罷．

侯（冷笑拂袖下）但憑尊意．

七六

高　（起喚介）叫左右．

二將（上）　元帥呼喚．有何號令．

高　你二將各領數騎隨我入城飲酒頑耍這大營人馬．不許擅動．

二將　得令（即下領四卒上）

高　就此前行（騎馬遶場介）

合

南朝劃就黃河界．
東流把住白雲隘．
飛鳥不能來．
強弓何用買．
望荒城柳栽．
上危橋板壞．
按轡徐行．
軍容瀟灑．（划鍬兒）

（暫下）

家將　（捧印牌上）殺人不用將軍印，奏凱全憑娘子軍，咱乃睢州許總兵的家將，俺總爺被

高傑一罵嚇得水瀉不止，虧了夫人侯氏有膽有謀，昨夜畫定計策差俺捧

著牌印前來送交，就請他進城筵宴約定飲酒中間放砲為號，如此如此，這

般這般倒也是條妙計只不知天意若何好怕人也（望介）遠望高傑前

來不免在橋頭跪接。

傑　（上）

家將　（跪接介）你是何處差官。

高　（問介）小的是總兵許定國家將，叩接元帥大老爺。

家將　那許總兵為何不接。

高　許總兵臥病難起特差小的送到牌印就請元帥爺進城筵宴點查兵馬。

家將　席設何處

高　設在察院公署。

家將　左右收了牌印

高　二將　（收介）

二將　（笑介）妙妙牌印果然送到，明日安營歇馬任俺區處也。（吩咐家將介）你便引

家將　（前引唱前合行介）

馬前行．

家將　布景　察院署內．

備物　桌席酒壺酒杯筯．菜碗鐙籠．鼓吹紙爆刀繩火把弓箭首級．

家將　（跪稟介）已到察院．請元帥爺入席．

高　（下馬入坐介）（吩咐介）軍卒外面伺候．（向二將介）你二將不同別個便

坐下席陪俺歡樂．

二將　（安放牌印叩頭介）告坐了．（就地列坐介）

（家將斟酒高二將身旁各立一差役擺菜介）

家將　請酒．

高　（怒介）這樣薄酒拿來灌俺．（摔杯介）

家將　（急換酒介）請菜．

高　（怒介）這樣冷菜如何下筯．（摔筯介）

家將　（急換菜介）

高　今日正月初十預賞元宵怎的花燈優人全不預備．

家將　（跪稟介）稟元帥爺這睢州偏僻之所沒處買燈叫戲且把衙門燈籠懸掛起來．軍

高（向二將介）我們多飲幾杯．

中鼓角吹打一通罷．（掛燈吹打介）

鎮河南．

威風大．

柳營列．

星旗擺．

鐙筵上．

鐙筵上．

將印兵牌．

二將（起奉高酒介）

行軍令．

酒似官差．

高（與二將猜拳介）

任譁拳叫朵．

三家�陣排．

家將　這八卦圖中新勢．

只　怕　鬼　谷　難　猜．——　（普天樂）

二將　小的酒都有了．今日還要伺候元帥爺點查兵馬哩．

高　天色已晚．明日點查罷．大家再飲幾杯．（又斟酒飲介）

內（放紙爆介）（兵卒急擎高手家將拔刀欲殺高掙脫跳梁上介）（兵卒擎二將殺死介）

家將　閒爆聲聲殺俱要一齊．

家將（喊介）高傑走脫了快尋快尋．

兵卒（點火把各處尋介）

家將　頂破椽瓦想是爬房走了．

兵卒（又尋介）

家將（指介）那樓脊獸頭邊．閃閃綽綽似有人影．快快放箭．

兵卒（兵卒放箭介）（高跳下介）（兵卒擎住高手介）

家將（認介）果然是老高哩．

高　（呵介）好反賊俺是皇帝差來防河大帥你敢害我．

家將　俺只認得許總爺不認得甚麼黃的黑的快伸頭來．

高　（跳介）罷了．罷了．俺高傑有勇無謀竟被許定國賺了．（頓足介）咳．悔不聽侯生

之言．致有今日．（伸脖介）取我頭去

家將　（指介）老高果然是條好漢（割高頭手提介）（喚介）

兩箇兄弟快捧牌印大家回報總爺去

（二將捧印牌介）

二將　且莫謊張三將雖死還有小卒在外哩．

家將　久已殺的乾淨了．

二將　還有一件城外大營明日知道必來報仇．快去回了總爺求侯夫人妙計．

家將　侯夫人妙計早已領來了．今夜悄悄出城帶着高傑首級獻與北朝就引着

北朝人馬連夜踏冰渡河殺退高兵算我們下江南第一功也．

宛馬嘶風緩轡來．

黃河水上北門開．

南朝正賞春鐙夜．

讓我當筵殺將材。

〔註一〕南疆繹史高傑傳云『乙酉正月，傑抵歸德總兵許定國方駐睢州，年已七十矣。嘗毀家養士，負其功不得封上疏詆傑爲賊，傑怨之定國不自安，求可法爲計可法曰許總兵何地不可居，而必睢州乎時有言其送子渡河者，傑至不出巡撫越其郊迎其杰諷傑勿入城，傑心輕之遽入詰朝召定國數之曰若豈不知我之將殺汝，而顧不去何也定國頓首謝曰固知公之怒然不知所罪傑言累疏名我爲賊烏得無罪曰此定國之所以不可去也。定國目不知書倉皇中俱手記彼去而定國不去以明向名公者之非定國意也傑鑣其屈服且憫之以爲信此有千戶某遮馬投牒云許將不利于公傑故示勿貳馬前答六十付定國置之記室名曰彼如公怒先期遁去而定國不去以見殺不亦冤乎傑索子室定國開宴伎之盛傑旣醉傑爲之刻行期固促之去井微及遂法更刑牲約爲兄弟十三日夜定國酩伶醉臥帳中倉卒奪刀門力竭就執。定國憤伏甲傑所傳砲大呼其杰等遁走親將俱沽醉傑怱就初大呼以定國前定國跞血南向坐曰三日來受汝挫辱已盡今定國已渡河投呼酒來。當痛飲死明日中城不啓李本深王之綱等攻南門入老弱無子遺而定國已渡河投大清以降先是傑以定國將去睢盡發所部戍開封所留僅親健三百人竟盡死初擁至定國前定國跞血南向坐曰三日來受汝挫辱已盡今定國已渡河投勿信旣而審之確乃慟知中原之不復可圖矣』

〔註二〕當崇禎十五年，侯恂奉命督師時，方域曾勸以軍法斬許定國恂不聽。後定國卒殺高傑降清致中原事大壞事見胡介祉所爲方域傳。

〔註三〕賈開宗著侯方域傳云『……傑已死方域說其軍中大將急引兵斷盱眙浮橋。而分揚州水軍爲二。戰不勝則以一由泰興趨江陰據常州一由通州趨常熟據蘇州守財賦之區跨

桃花扇註（下）

八三

江連湖障蔽東越。徐圖後計。大將不聽。以銳甲十萬降。』然則傑死後方域尙在其軍中有所擧

盡此文省略耳。

第二十七齣　逢舟

山郭春深聽夜潮。
片帆天際白雲遙。
東風未綠秦淮柳。
殘雪江山是六朝。
　　——惲南田詩

舟子——副淨

侯朝宗——生

布景　黃河堤上旁有小舟二．

備用物　包裹執鞭船篙舊衣火盆桃花扇．

蘇昆生（背包裹騎驢急上）

戎馬紛紛．

烟塵一望昏．

魂驚心震．

長亭連遠村．

執鞭人（趕呼介）客官慢走你看黃河堤上逃兵亂跑不要被他奪了驢去．

蘇（不聽急走介）

三亂兵（迎上）

棄甲掠盾．

抱頭如鼠奔．

無暇笑哂．

大家皆敗軍．

大家皆敗軍——（水底魚兒）

（避蘇推下河奪驢跑下）

執鞭人（趕下）

蘇（立水中頭頂包裹高叫介）救人呀．救人呀．

舟子（撐船）

李貞麗（貧婦樣上）

流水渾渾．

風濤拍禹門．

堤邊浪穩．

泊舟楊柳根．

（欲泊舟介）

麗（喚介）駕長你看前面淺灘中．有人喊叫．我們撐過船去救他一命．積箇陰隲如何．

舟子　黃河水溜不是當耍的．

麗　人行好事大王爺爺自然加護的．

舟子　是是．待我撐過去．（撐介）

蘇　風急水緊．

　　捨生來救人．

　　哀聲迫窘．

　　殘生一半魂．

　　殘生一半魂——（水底魚兒）

　　（近蘇呼介）快快上來．合該你不死遇著好人．（伸篙下蘇攀篙上船介）

蘇　（作顫介）好冷好冷．

舟子　（取乾衣與蘇介）

麗　（背立介）

蘇　（換衣介）多謝駕長．是俺重生父母．（叩介）

舟子　不與老漢事齷了這位娘子叫我救你的．

蘇　（作揖起驚恐介）你是李貞娘爲何在這船裏．

麗　（驚認介）原來是蘇師父．你從何處來

蘇　一言難盡．

麗　　請坐了講．（坐介）

舟子　（泊船介）且到岸上買壺酒喫去．（下）

蘇　　一從你嫁朱門．

　　　鎖歌樓．

　　　疊舞裙．

　　　寒風冷雪．

　　　哭殺香君．

麗　　（拖淚介）香君獨住怎生過活．

蘇　　他託俺前來尋訪侯郎．

　　　征人戰馬．

　　　侯郎無信．

　　　茫茫驛路殷勤問．

麗　　（問介）因何落水．

　　　正在隄上行走．被亂兵奪驢．把俺推下水的．

蘇　　蒙救出濁流．

八八

故人今夕重近．（瑣窗寒）

麗　原來如此合該師父不死也是奴家有緣又得一面．

蘇（問介）貞娘你既入田府怎得到此．

麗　且取火來替你烘乾衣服細細告你．（取火盆上介）

舟子、侯朝宗（坐船急上）

侯　纔離虎豹千林霧又逐鯨鯢萬里波．（呼介）駕長這是呂梁地面了．扯起篷來早趲一程明日要起早哩．

舟子　相公不要性急這樣風浪如何行的前面是泊船之所且靠幫住一宿罷．

侯　憑你

舟子（作泊船介）

侯　驚魂稍定不免略盹一盹兒．（臥介）

蘇（烘衣）

麗（勞坐談介）奴家命苦如今又不在那田家了．想起那晚．

匆忙扮作新人．

奪藏嬌．

金屋春．一身寵愛．盡壓釵裙．

蘇　這好的很了．誰知田仰嫡妻十分悍妬．

麗　蛇毒如刃．把奴採出洞房打箇半死．

蘇　獅威勝虎．呵呀呀了不得那田仰怎不解救．

麗　田郎有氣吞聲忍．竟將奴賞與一個老兵．既然轉嫁怎麼在這船上．

蘇　奴自坐船頭．此是漕標報船老兵上岸下文書去了．

麗　舊人來說新恨．──（瑣窗寒）

侯（一邊細聽介）（聽完起坐介）隔壁船中，兩個人絮絮叨叨，談了半夜，那漢子的聲音好似蘇崑生，婦人的聲音也有些相熟，待我猛叫一聲，看他如何（

蘇（忙應介）那個喚我。

侯（喜介）竟是蘇崑生。（出見介）

蘇　原來是侯相公，正要去尋，不想這裏撞着，謝天謝地，遇的恰好。（喚介）請過船來，認認這個舊人。

侯（過船介）還有那個。（見李驚認介）呀貞娘，如何到此，奇事奇事，香君在那裏。

麗　官人不知，自你避禍夜走，香君替你守節，不肯下樓。

侯（掩淚介）後生馬士英，差些惡僕，挈銀三百，硬娶香君，送與田仰。

麗　我的香君，怎地他適了。

侯（驚介）我的香君，不曾嫁君，懼怕碰死在地。

麗　嫁是不曾嫁君，你的碰死了。

侯（大哭介）我的香君，你怎的碰死了。

麗　死是不曾死，碰的鮮血滿面，那門外還聲聲要人，一時無奈，妾身竟替他嫁了田仰。

侯　（喜介）好．好．你竟嫁與田仰了．今日全船要往那裏去．

麗　就住在船上．

侯　為何．

麗　（羞介）

蘇　（取包介）他為田仰妬婦所逐．如今轉嫁這船上一位將爺了．

侯　（急問介）書在那裏．

蘇　香君在院日日盼你託俺寄書來的．

侯　（微笑介）有這些風波可憐可憐（問蘇介）你怎得到此

蘇　他為田仰妬婦所逐．如今轉嫁這船上一位將爺了．

侯　（急問介）書在那裏．

蘇　（取包介）

這封書不是箋紋．
摺宮紗夾在斑篿．
題詩定情．
催妝分韻．

侯　（接扇介）這是小生贈他的詩扇．

蘇　（指扇介）

九二

看桃花半邊紅暈.

情懇

千萬種語言難盡——（奈子花）

侯（看扇問介）那一面是誰畫的桃花.

蘇　香君磞壞花容血濺滿扇楊龍友添上梗葉成了幾筆折枝桃花.

侯（細看喜介）果然是些血點兒龍友點綴卻也有趣這柄桃花扇倒是小生至寶了.（問介）你為何今日帶來.

蘇　在下出門之時香君說道千愁萬苦俱在扇頭就把這扇兒當封書信罷故此寄來的.

侯（又看哭介）香君香君叫小生怎生報你也（問蘇介）你怎的尋着貞娘來.

蘇　（指唱介）

　俺呵走長堤驢背辛勤.

　遇逃兵推下寒津.

侯　呵呀受此驚險（問介）怎的不曾濕了扇兒.

蘇　（作勢介）

橫流沒肩．

高擎書信．

將蘭亭保全眞本．

（拱介）爲這把桃花扇把性命都輕了．眞可感也．（問介）後來怎樣．

虧了貞娘不怕風浪移船救我

思忖

從井救別人誰肯——（奈子花）

好好若非遇著貞娘．這黃河水溜誰肯救人

妾本無心救他上船纔認的是蘇師父

這都是天緣湊巧處

還不曾問侯相公因何南來．

俺自去秋隨著高傑防河．不料匹夫無謀．不受諫言．被許定國賺入睢州飲

酒中間遣人刺死小生不能存住買舟黃河順流東下你看大路之上紛紛

亂跑皆是敗兵叫俺有何面目再見史公也．

既然如此且到南京看看香君再作商量．

蘇

侯

蘇

侯

麗

侯

蘇

侯

蘇

九四

侯　也罷．別過貞娘．趁早開船．

麗　想起在舊院之時我們一家同住今日船中只少一箇香君不知今生還能

　　相見否．

侯　何日說艱辛——（金蓮子）

　　掌中嬌養女．

　　離緒百分．

　　言有盡．

　　重聚在水雲．

侯　離散了．

　　一家人．

侯　只怕有人蹤跡崑老快快換衣就此別過罷．

蘇（換衣介）

侯蘇（掩淚過船介）

蘇　歸計登程猶未準．

侯　故人見面轉添愁．

舟子（撐船下）

麗　妾身厭倦烟花，伴着老兵度日，卻也快活，不意故人重逢，又惹一天舊恨，你

聽濤聲震耳今夜那能成寐也。

悠悠萍水一番親。

舊恨新愁幾句論。

漫道浮生無定著。

黃河亦有住家人。

第二十八齣　題畫

西陵人去無消息。

南浦愁來有歲時。

細雨似霖新淚濕。

輕烟渾放故春遲。

春興八首乙酉作。

四憶堂詩集卷三。

曲曲迴廊十二闌．
風飄羅袂怯春寒．
桃花帶雨如含淚．
只恐多情不忍看．

鄭妥娘閨怨詩

時間　明崇禎十八年乙酉三月．

地點　南京秦淮河舊院媚香樓．

人物　藍瑛──小生．
　　　侯朝宗──生．
　　　楊龍友──末．
　　　僕役──雜．

備用物　畫案畫筆硯色箋桃花扇桃源圖．

布景　媚香樓上院內桃花盛開．

藍瑛（扮山人上）
美人香冷繡牀閒．
一院桃花獨閉關．

無限濃春煙雨裏．
南朝留得畫中山．

咱家武陵藍瑛表字田叔〔註一〕自幼馳聲畫苑．與貴筑楊龍友筆硯至交．聞他新轉兵科買舟來望下榻遺媚香樓上．此樓乃名妓香君梳妝之所美人一去庭院寂寥正好點染雲煙應酬畫債．不免將文房畫具整理起來．（作洗硯滌筆調色揩箋介）沒有淨水怎處．（想介）有了那花梢曉霧最是清潔用他調丹濡粉鮮秀非常待我下樓向後園收取．（手持色箋暫下）

侯（新衣上）

地北天南蓬轉．
巫雲楚雨絲牽．
巷滾楊花．
牆翻燕子．
認得紅樓舊院．
觸起閒情柔如草．
攪動新愁亂似烟．

傷春人正眠。──（破齊陣）

小生在黃河舟中遇著蘇崑生一路同行．心忙步急．不覺來到南京．昨晚旅店一宿天明早起留下崑生看守行李俺獨自來尋香君．且喜已到院門之外

只見黃鶯亂囀．

人踪悄悄．

芳草芊芊．

粉壞樓牆．

苔痕綠上花磚．

應有嬌羞人面──

映著他桃樹紅妍．

重來渾似阮劉仙．

借東風引入洞中天。──（刷子序）

（作推門介）原來雙門虛掩不免側身潛入看有何人在內．

（入介）

呀驚飛了滿樹雀喧．

踏破了一塱蒼蘚．

這泥落空堂簾半捲．

受用煞雙棲紫燕閒庭院．

沒箇人傳．

蹦蹤兒迴廊一遍．

直步到小樓前．——（朱奴兒）

（上指介）這是媚香樓了．你看寂寂寥寥湘簾畫捲．想是香君春眠未起．俺且不

要喚他慢慢的上了妝樓悄立帳邊等他自己醒來轉睛一看認得出是小生

不知如何驚喜哩（作上樓介）

手拽起翠生生羅襟軟．

袖撥開綠楊線．

一層層闌壞梯偏．

一樁樁塵封網胃．

艷濃濃樓外春不淺.

帳裏人兒腼腆.

（看几介）

從幾時——

收拾起銀撥冰絃.

擺列著描春客.

脂箱粉盞.

待做箇女山人畫叉乞錢.——（普天樂）

（驚介）怎的歌樓舞榭改成箇畫院書軒這也奇了.（想介）想是香君替我守節不肯做那青樓舊態故此留心丹青聊以消遣春愁耳（指介）這是香君臥室待我輕輕推開（推介）呀怎樣封鎖嚴密倒像久不開的這又奇了難道也沒箇人守（作背手徬徨介）

蕭然.

美人去遠.

重門鎖．

雲山萬千．

知情只有閒鶯燕．

儘著狂．

儘著顛．

問著他　一雙雙不會傳言．

熬煎．

纔待轉．

嫩花枝靠著疎籬顫．

（下聽介）

簾櫳響．

似有箇人略喘——（鴈過聲）

（瞧介）待我看是誰來．

（藍　持箋上樓驚見介）你是何人上我寓樓．

侯　這是俺香君妝樓．你為何寓此．

藍　我乃畫士藍瑛兵科楊龍友先生送俺作寓的。

侯　原來是藍田老一向久仰．

藍　（問介）台兄尊號．

侯　小生河南侯朝宗．亦是龍友舊交．

藍　（驚介）呵呀文名震耳纏得會面請坐請坐．

（坐介）

侯　我且問你．俺那香君那裏去了．

藍　聽說被選入宮了．

侯　（驚介）怎——怎——的被選入宮了幾時去的．

藍　這倒不知．

侯　（起掩淚介）

尋徧

立東風漸午天．

那一去人難見．

（瞧介）看

紙破窗櫺．

紗裂簾幔．

裹殘羅帕．

戴過花鈿．

舊笙簫無一件．

紅鴛衾盡捲．

翠菱花放扁．

鎖寒煙——

好花枝不照麗人眠．——（傾杯序）

（
想起小生定情之日桃花盛開映著簇新新一座妝樓．不料美人一去零落至此今日小生重來又值桃花盛開對景觸情怎能忍住一雙眼淚（掩淚坐介
）

春風上巳天．

桃瓣輕如剪．

正飛綿作雪．

落紅成霞．

不免展開畫扇對著桃花賞玩一番．（取扇看介）

濺血點作桃花扇．

比著枝頭分外鮮．

這都是為著小生來．

攜上妝樓展．

對遺跡宛然．

為桃花結下了死生冤．——

（玉芙蓉）

藍　請教這扇上桃花何人所畫．

侯　就是貴東楊龍友的點染．

藍　為何對之揮淚．

侯　此扇乃小生與香君定盟之物．

那香君呵　手捧著紅絲硯．

花燭下索詩篇．

（指介）

藍　一行行寫下鴛鴦券．

侯　放一羣吠神仙朱門犬．

不到一月小生避禍遠去香君閉門守志．不肯見客．惹惱了幾箇權貴——

那時硬搶香君下樓．香君着急把花容呵——

似鵑血亂灑啼紅怨．

這柄詩扇拎在手中．竟為濺血點壞．

可惜可惜．

藍　這桃花扇．在．

後來楊龍友添上梗葉．竟成了幾筆折枝桃花．（拍扇介）

那人阻春煙——　在．

（小桃紅）

侯　（看介）盡的有趣．竟看不出是血跡來．（問介）這扇怎生又到先生手中．

侯　香君思念小生，託蘇崑生到處尋俺，把這桃花扇當了一封錦字書，小生接

　　得此扇跋涉來訪，不想香君又入宮去了。（掩淚介）

楊龍友（冠帶從人喝道上）

　　臺上久無秦弄玉

　　船中新到米襄陽

雜（入報介）兵科楊老爺來看藍相公，門外下轎了。

藍（慌迎見介）

楊（上樓見侯揖介）侯兄幾時來的。

侯　適纔到此尚未奉拜。

楊　聞得一向在史公幕中，又隨高兵防河，昨見塘報，高傑於正月初十日已為

　　許定國所殺，那時世兄在那裏來。

侯　小弟正在鄉園（註二）忽遇此變，扶著家父逃避山中，一月有餘，恐為許兵蹤

　　跡，故又買舟南來，路遇蘇崑生持扇相訪，只得連夜赴約，竟不知香君已去。

　　（問介）請問是幾時去的。

楊　正月初八日，被選入宮的。

侯　到幾時纔出來。

遙遙無期.

小生只得在此等他了.

此處無可留戀倒是別尋佳麗罷.

小生怎忍負約.但得他一信去也放心.

望咫尺青天.

那有箇瑤池女使.

偷遞情箋.

明放著花樓酒榭.

去做箇雨井煙垣.

堪憐.

舊桃花劉郎又撚.

料得新吳宮西施不願.

橫攔俺天涯夫婿

永巷日如年.——

（尾犯序）

楊　　世兄不必愁煩。且看田叔作畫罷。

藍（畫介）

侯楊（坐看介）這是一幅桃源圖。

藍　　正是。

楊（問介）替那家畫的。

藍　　大錦衣張瑤星先生新修起松風閣。要裱做照屏的。

侯（贊介）妙妙。位置點染別開生面。全非金陵舊派。

藍（作畫完介）見笑見笑。就求題詠幾句。爲拙畫生色何如。

侯　　不怕寫壞。小生就獻醜了。

（題介）原是看花洞裏人。

　　　重來那得便迷津。

　　　漁郎誆指空山路。

　　　留取桃源自避秦。

楊（讀介）佳句。寄意深遠。似有微恠小弟之意。

　　　歸德侯方域題。

侯　　豈敢（指畫介）

這流水溪堪羨．

落紅英千千片．

抹雲煙．

綠樹濃．

青峯遠．

仍是春風舊境不曾變．

沒箇人兒將咱繫戀．

是一座空桃源．

趁著未斜陽將掉轉——

（鮑老催）

（起介）

楊　世兄不要埋怨．而今馬阮當道．專以報讎雪恨爲事．俺雖至親好友不敢諫

言．恰好人日設席喚香君供唱．那香君性氣你是知道的手指二公一場好

罵．

侯　呵呀這番遭他毒手了．

楊　虧了小弟在旁．十分勸解僅僅推入雪中喫了一驚.幸而選入內庭.暫保性命．（向侯介）世兄既與香君有舊.亦不可在此久留

侯　是是承敎了．

（同下樓行介）

楊　（竟下介）

扇上桃花開過遣——（尾聲）

（收扇介）俺且抱著

活寃業　現擺著麒麟檀．

熱心腸　早把冰雪嚥．

楊　我們別過藍兄.一同出去罷．

侯　正是忘了作別．（作別介）請了．

藍　（先閉門下）

侯楊　（同行介）

侯楊（同行介）

侯　重到紅樓意惘然．

楊閒評詩話晚春天．

侯美人公子飄零盡．

楊一樹桃花似往年．

（註一）藍瑛字田叔號蝶叟錢塘人山水法宋元．乃自成一格．頗類沈周．人物、花鳥、梅竹、俱得古

人精蘊．時浙派山水始於戴至藍爲極．

（註二）許定國殺高傑時侯朝宗正在傑幕見第二十六齣註三．

第二十九齣　逮社（註一）

燕山模糊吹蒿藜．

江表熙怡臥鐘鼓．

金馬封事不渠出．

怨毒猶然在門戶．

　　──梨洲

人物　蔡益所──丑．

地點　南京三山街蔡益所書店．

時間　明崇禎十八年乙酉三月．

一一三

侯朝宗——生．

蘇崑生——淨．

陳定生——末．

吳次尾——小生．

長班——雜．

阮大鋮（現任兵部侍郎）——副淨．

四校尉——雜．

坊官——淨．

布景　蔡益所書店招牌寫「金陵蔡益所書坊發兌古今書籍」中懸二

備用物　酉堂扁．

　　　　書架鋪櫃毛帚時文封面寫「復社文開」包裹拜帖大轎金扇．

執事黃傘掌扇繩鎖

蔡益所（扮書客上）

堂名二酉

萬卷牙籤求售．

何物充棟汗車牛．

混了書香銅臭．

賈儒商秀——

怕遇著秦皇大搜．——（鳳凰閣）

在下金陵三山街書客——蔡益所的便是天下書籍之富．無過俺金陵．這金陵書鋪之多．無過俺三山街．這三山街書客之大．無過俺蔡益所（指介）你看十三經廿一史．九流三教．諸子百家．腐爛時文新奇小說上下充箱盈架高低列肆連樓．不但興南販北積古堆今．而且嚴批妙選精開善印俺蔡益所既射了貿易書籍之利又收了流傳文字之功憑他舉人進士見俺作揖拱手好不體面．（笑介）今乃乙酉鄉試之年大布恩綸開科取士准了禮部尚書錢謙益的條陳要亟正文體以光新治俺小店乃坊間首領只得聘請幾家名手．另選新篇今日正在裏邊刪改批評待俺早些貼起封面來．（貼介）

（下）

風氣隨名手．

文章中試官．

侯朝宗蘇崑生〔背行囊上〕．

侯　當年煙月滿秦樓．
夢悠悠．
簫聲非舊．
人隔銀漢幾重秋．
信難投．
相思誰救．

〔喚介〕崑老我們千里跋涉．爲赴香君之約．不料他被選入宮．音信杳然．昨晚掃聽音信．興回來又怕有人蹤跡．故此早早移寓．但不知那處僻靜可以多住幾時打

蘇

相思誰救．
信難投．
人隔銀漢幾重秋．
簫聲非舊．
夢悠悠．
當年煙月滿秦樓．

佳期難道此生休也囉．——〔水紅花〕
白了少年頭．
等他詩題紅葉．

我看人情已變朝政日非且當道諸公日日羅織正人報復夙怨不如暫避

侯

其鋒把香君消息．從容打聽罷．

說的也是．但這附近州郡別無相知．只有好友陳定生住在宜興．吳次尾住

在貴池．不免訪尋故人倒也是快事．

（行介）

故人多狎水邊鷗．

傲王侯．

紅塵拂袖．

長安棋局不勝愁．

買孤舟．

南尋煙岫．

蘇

（疾行介）

來到三山街書鋪廊了．人煙稠密．趲行幾步纔好．

（疾行介）

防他豺狼當道．

冠帶幾獼猴．

侯　（指介）這是蔡益所書店定生次尾常來寓此．何不問他一信．（住看介）那廊柱上貼著新選封面．待我看來．（讀介）復社文開．（又看介）這左邊一行小字．是壬午癸未房墨合刪．右邊是陳定生吳次尾兩先生新選．（喜介）他兩人難道現寓此間不成．

蘇　待我問來．（叫介）掌櫃的那裏．

蔡　（上）請了．想要買甚麼書籍麼．

侯　非也．要借問一信．

蔡　問誰．

侯　陳定生吳次尾兩位相公來了不曾．

蔡　現在裏邊．待我請他出來．（下）

陳吳　（同上見介）

陳　呀．原來是侯社兄．（見蘇介）蘇崑老也來了．

（各揖介）

陳　（問介）從那來的．

侯　從敝鄉來的．

三山榛莽水狂流也囉．　（水紅花）

吳　（問介）幾時進京．

侯　　昨日纔到．

烽煙滿郡州．

南北從軍走．

歎朝秦暮楚．

三載依劉．

歸來誰念王孫瘦．

重訪秦淮簾下鈎．

徘徊久．

問桃花昔遊．

這江鄉——

今年不似舊溫柔——　　（玉芙蓉）

陳吳　見笑

（問陳吳介）兩兄在此又操選政了．

金陵舊選樓．

聯榻同良友．

對丹黃筆硯．

事業千秋．

六朝衰弊今須救．

文體重開韓柳歐．

傳不朽．

把東林盡收．

纔知俺

中原復社附清流．——（玉芙蓉）

內（喚介）請相公們裏邊用茶．

陳吳　來了．（讓侯蘇入介）

長班（持拜帖上）我們官府阮大鍼新陞了兵部侍郎．特賜蟒玉．欽命防江．今日到這三山街拜客只得先來．

阮大鋮（蟒玉驕態坐轎雜持傘扇引上）

排頭踏青衣前走．

高軒穩扇蓋交抖．

看是何人坐上頭．

是當日胯下韓侯．

雜（稟介）請老爺停轎與僉都越老爺投帖（投帖介）

阮（停轎介）吩咐左右不必打道儘着百姓來瞧．（搧扇大說介）我阮老爺今日欽賜
蟒玉大轎拜客那班東林小人目下奉旨搜拏躲的影兒也沒了．（笑介）

繞顯出誰榮誰羞．

展開俺眉頭皺——（朱奴兒）

長班（揭封面送阮讀介）

（看書歸介）那廊柱上貼的封面有甚麼復社字樣叫長班揭來我瞧．

阮
復社文開陳定生吳次尾新選．（怒介）嗄．復社乃東林後起．與周鑣雷縯
祚同黨朝廷正在挐訪還敢留他選書這箇書客也大膽之極了．快快住轎

（落轎介）

阮　（下轎坐書鋪吩咐介）速傳坊官．

長班　（喊介）坊官那裏．

坊官　（急上跪介）稟大老爺傳卑職有何吩咐．

　　　這書肆不將法守．

　　　通惡少復社渠首．

　　　奉命令將逆黨搜．

　　　須得你蔓引株求．

坊官　了．

阮　不消大老爺費心卑職是極會挐人的．（進入挐蔡上）犯人蔡益所挐到

　　　了．

蔡　（跪稟介）小人蔡益所並未犯法．

阮　你刻什麼復社文開犯法不小．

蔡　這是鄉會房墨每年科場要選一部的．

阮　（喝介）呔目下訪挐逆黨功令森嚴你容留他們選書還敢口強快快招來．

蔡　不干小人事相公們自己走來現在裏面選書哩．

阮　旣在裏面用心看守不許走脫一人．

蔡（應下）

阮（向坊官私語介）訪緝逆黨，是鎮撫司的專責，速遞報單叫他校尉緝人。

坊官　是（速下）

阮（上轎介）

傳緹騎重興獄囚

笑楊左今番又休——（朱奴兒）

侯陳吳（拉轎喊介）我們有何罪過，著人看守，你這位老先生，不畏天地鬼神了。

阮（微笑介）學生並未得罪，為何動了公憤來（拱介）請教諸兄尊姓台號。

吳　俺是吳次尾。

陳　俺是陳定生。

侯　俺是侯朝宗。

阮（微怒介）哦原來就是你們三位，今日都來認認下官。

堂堂貌鬚長似篲

昂昂氣胸高如斗

（向吳介）那丁祭之時怎見的

阮光祿難司邊，和豆。

（向陳介）那借戲之時為甚的把

燕子箋弄　俺當場醜。

向侯介

堪羞。

妝奩代湊。

倒惹你裙釵亂丟。——（剔銀鐙）

侯　　你就是阮鬍子今日報儺來了。

陳吳　好好大家扯他到朝門外講講他的素行去。

阮　（佯笑介）不要忙有你講的哩（指介）你看那來的何人．（坐轎下

四校尉（白靴上）（註二）（亂叫介）那是蔡益所

蔡　　在下便是．問俺怎的．

校尉　俺們是駕上來的快快領著挐人．

蔡　　要挐那箇

校尉　挐陳吳侯三箇秀才．

侯　不用挐．我們都在這邊哩．有話說來．

校尉　請到衙門裏說去罷．（竟丟鎖套三人下）

蔡　（吊場介）這是那裏的帳．（喚介）蘇兄快來．

蘇　（上）怎麼樣的了．

蔡　了不得了不得．選書的兩位相公挐去罷了．連侯相公也挐去了．

蘇　有這等事．

合　　兜兜的繅緎在手．

　　忙忙的捉人飛走．

　　小復社沒箇東林救．

　　新馬阮接著崔田後．

　　堪憂．

　　昏君亂相．

蘇　　爲別人公報私讐．──（剔銀鐙．）

　　我們跟去打聽一箇眞信．好設法救他．

蔡　正是看他安放何處俺好早晚送飯．

一二四

蔡朝市紛紛報怨讐．

蘇乾坤付與杞人憂．

蔡倉皇誰救焚書禍．

蘇只有寧南一左侯．

（註一）汪琬撰陳定生墓表云：『……大鋮用事．將盡殺東林黨人．君與周禮部（鑣）及應箕皆在南京禮部先被逮．君爲營救萬端．人又諫止君．君曰「死耳何畏」大鋮詗知之．逾積前恨．夜半遣校尉捕君與應箕．應箕亡．君出詣獄．」又董文友撰陳定生墓表云：『……先一日．侯方域聞之逃去．』然則當時被捕者只有陳定生一人．而吳次尾侯朝宗皆逃而免．此文演三人同時被捕．點綴之筆耳．

（註二）董文友撰陳定生墓表云：『……先生即坐邸中待捕．曰「吾嘗學張儉累人．使向時實客俱爲一網盡耶」語未畢．突有關靴校尉數人至邸中縛之．……」此文白靴四校尉即演此事．但其地非蔡益所書店耳．

第三十齣　歸山

桃花扇註（下）

黨禍起新朝．

正士寒心連袂高蹈．

俺有何求——爲他人操刀．

一二五

急逃。

——本詞。

時間　明福王二年乙酉三月

地點　南京。

人物

張薇——外。

家僮——副淨。

四校尉——雜。

解役——淨。

侯朝宗——生。

陳貞慧——末。

吳應箕——小生。

園丁——雜。

蔡益所——丑。

布景一　錦衣衛署內。

備用物　刑具文書封筒拍木公案籤筒筆硯盒書函報鈔書札馬鞭。

張薇（白鬚冠帶上）

一三六

何處家山．

回首上林春老．

秣陵城煙雨蕭條．

歎中興．

新霸業．

一聲長嘯．

舊宮袍．

襯着嬾散衰貌——（粉蝶兒）

下官張薇表字瑤星（註一）原任北京錦衣衛儀正之職．避亂南來．又遇新主中
興錄俺世勳仍補舊缺．不料權奸當道朝局日非．新於城南修起三間松風閣．
不日要投陰歸老．只因有逆案兩人乃禮部主事周鑣按察副使雷縯祚馬阮
挾讎必欲置之死地下官深知其寃．只是無法可救中夜躊躇彼此去志未決

黨禍起新朝．

正士寒心．

連袂高蹈.

俺有何求.

為他人操刀.

急逃.

蓋了座松風草閣.

等着俺白雲嘯傲.

只因這沈冤未解夢空勞——（尾犯序）

家僮（上稟介）稟老爺鎮撫司馮可宗拏到逆黨三名候老爺升廳發放.

四校尉（持刑具羅列介）

張（升廳介）

解役（投文押侯朝宗.陳貞慧吳應箕帶鎖上）（跪介）

張（看文問介）據坊官報單說爾等結社朋謀替周鑣雷續祚行賄打點.因而該司捕解.快從實招來免受刑拷

陳吳
難
招.

筆硯本吾曹．復袒青衿．評論文稿．無罪而殺．是坑儒根苗．

侯

無端的池魚堂燕一時燒──（尾犯序）
並不曾流連夜曉．
俺來此攜琴訪友．
休拷．

張

據爾所供一無實迹難道本衙門誣良為盜不成（拍驚堂介）叫左右預備刑具叫他逐箇招來．

陳（前跪介）

老大人不必動怒犯生陳貞慧直隸宜興人．不合在蔡益所書坊選書．並無別情．

阮（前跪介）

犯生吳應箕直隸貴池人．不合與陳貞慧同事．並無別情．

張　（向觧役介）既在蔡益所書坊．結社朋謀．行賄打點．彼必知情．爲何竟不犖到．（投籤與

解役介）速犖蔡益所質審．

解役　（應下）

侯　（前跪介）犯生侯方城．河南歸德府人．游學到京．與陳貞慧、吳應箕、文字舊交．纔來拜

望．一同犖到了．並無別情．

張　（想介）前日藍田叔所畫桃源圖．有歸德侯方城題句．（轉問介）你是侯方城麼．

侯　犯生便是．

張　（拱介）失敬了．前日所題桃源圖．大有見解領敎領敎．（吩咐介）這事與你無干．

請一邊侯．

侯　多謝超豁了．（一邊坐介）

解役　（持籤上）（稟介）稟老爺蔡益所店門關閉．逃走無蹤了．

張　朋謀打點全無證據．如何審擬．（尋思介）

家僮　（持書送上介）王錢二位老爺有公書．

張　（看介）原來是內閣王覺斯大宗伯錢牧齋兩位老先生公書．待俺看來．（註二）（開

書背看點頭介）說的有理．竟不知陳吳二犯就是復社領袖

一箇是**定生兄**

藝苑豪．

一箇是主騷壇．

吳次老．

為甚的冶長無罪拘皋陶．

俺怎肯禍與黨錮推又敲．

大錦衣．

權自操．

黑獄中．

白日照．

莫教名士清流賈禍含冤也．

把中興文運凋——（紅衲襖）

（轉拱介）陳吳兩兄方纔得罪了．（問介）王覺斯錢牧齋二位老先生一向交

陳吳

好麼．

並無相與．

張　　為何發書．極道兩兄文名．囑俺開釋．

陳吳　想出二公主持公道之意．

張　　是．是下官雖係武職．頗讀詩書豈肯殺人媚人．（吩咐介）這是寃屈請一邊候待俺批回該司速行釋放便了．（批介）

陳吳（一邊坐介）

家僮（持朝報送上介）稟老爺今日科鈔有要緊旨意請老爺過目．

張（看報介）內閣大學士馬一本．為速誅叛黨以靖邪謀事犯官周鑣雷縯祚、私通潞藩．叛迹顯然．乞早正法曉示臣民等語．奉旨周鑣雷縯祚著監候處決又兵部侍郎阮一本為捕滅社黨廓清皇圖事．照得東林老奸．如蝗蔽日復社小醜．似蝻出田蝗為現在之災．捕之欲盡蝻為將來之患滅之勿遲臣編有蝗蝻錄（註三）可按籍而收也等語奉旨這東林社黨著嚴行捕獲審擬具奏該衙門知道．（驚介）不料馬阮二人又有這番舉動從此正人君子無孑遺矣．

俺正要省約法．

畫獄牢．

那知他鑄刑書．

一三二

加炮烙.

莫不是清流欲向濁流拋.

莫不是黨碑又刻元祐號.

這法網.

人怎逃.

這威令.

誰敢拗.

眼見復社東林盡入囹圄也.

試新刑.

搜爾曹———（紅衲襖）

（向侯等介）下官憐爾無辜正思開釋忽然奉此嚴旨不但周雷二公定了死案.

從此東林復社那有漏網之人

侯等（跪求介）尚望大人超豁

張　俺若放了諸兄倘被別人緝獲。再無生理且不要忙.（批介）據送三犯朋

謀打點俱無實跡．俟犂到蔡益所之日．審明擬罪可也．（向侯等介）那鎮

撫司馮可宗．雖係功名之徒卻也良心未喪．待俺寫信與他．（註四）（寫介）

老夫待罪錦衣多歷年所門戶黨援何代無之．總之君子小人互爲盛衰事

久則變勢極必反我輩職司風紀不可隨時偏倚代人操刀天道好還公論

不泯愼無自貽後悔也．（拱介）諸兄暫屈獄中自有昭雪之日．

（解役校尉押侯等俱下）

張（退堂介）俺張薇原是先帝舊臣國破家亡．已絕功名之念．爲何今日出來助紂爲虐．

自古道知幾不俟終日看這光景尙容躊躇再計乎．（頤介）家僮快牽馬

來我要到松風閣養病去了．

張（上馬家僮隨行介）

家僮（牽馬上）坐馬在此

布景二　松風閣

備物　鎮頭箬笠芒鞋鶴氅絲縧衣包．

張

滿路上絮舞花飄．

好趁着晴春晚照．

一三四

遙望見城南蒼翠山色好．
把紅塵客夢全消．
且喜已到松風閣這是俺的世外桃源．（註五）不免下馬登樓．趁早料理起來．（
下馬登樓介）

清泉白石人稀到．
一陣松風響似濤．
（喚介）叫園丁撐開門窗拂淨欄檻．俺好從容眺望．（下）

園丁（收拾介）燕泥沾落絮珠網罥飛花．稟老爺收拾乾淨了．（下）

張（窺窗介）你看松陰低戶沁的人心骨涼此處好安吟榻（又憑欄介）你看春水
盈池照的人鬚眉皆碧此處好支茶竈（忽笑介）來的慌了冠帶袍靴全
未脫卻如此打扮豈是桃源中人可笑可笑（喚介）家僮開了竹箱把我
買了的箬笠芒鞋蘿絲鶴氅替俺換了．（換衣帶介）

堪投老．
纔修完三間草閣．
便解宮袍——（解三醒）

校尉 (鎮蔡牽上) 松間批駕帖竹裏驗公文方纔挐住蔡益所．開得張老爺來此養病只得

家僮 (出問介) 來槀何事如此緊急

校尉 趕來銷籤 (叫介) 門上大叔那裏

家僮 (上樓稟介) 衙門校尉帶着蔡益所回話

校尉 稟老爺挐住蔡益所了．特來銷籤 (繳籤介)

張 (驚介) 挐了蔡益所他三人如何開交 (想介) 有了．叫校尉樓下伺候聽俺吩咐

家僮 (傳校尉跪樓下介)

張 (吩咐介) 這件機密重案不可絲毫洩漏暫將蔡益所繫候園中待我回衙細細審問．

校尉 是．(將蔡拴樹介) (欲下介)

張 轉來園中窄狹把這四官馬牽回喂養我的冠帶袍靴你也順便帶去我還

校尉 (應下)

張 要多住幾時不許檀來囉唣

張 (跌足介) 壞了壞了．衙役走入花叢犯人鎖在松樹．還成一個什麼桃源哩不如下樓

去罷．(下樓見蔡介) 果是蔡益所哩

蔡 (跪介) 犯人與老爺曾有一面之識

張 雖係舊交你容留復社犯罪不輕．

蔡　（叩頭介）是．

張　你店中書籍．大半出於復社之手．件件是你的贓證，

蔡　（叩頭介）只求老爺超生．

張　你肯捨了家財．纔能保得性命．

蔡　犯人情願離家．

張　（喜介）這等就有救矣．（喚介）家童與他開了鎖頭

家童　（開蔡介）

張　你既肯離家．何不隨我住山．

蔡　老爺若肯攜帶小人就有命了．

張　你看東北一帶雲白山青都是絕妙的所在．（喚介）家童好生看門．我同

蔡盦所瞧瞧就來．

家童　（應下）

蔡　（隨張行介）

張　（指介）我們今夜定要宿在那蒼蒼翠翠之中．

蔡　老爺要去看山須差人早安公館那山寺荒涼如何住宿．

張　你怎曉得捨了那頂破紗帽何處巖穴著不得這個窮道人．

蔡　（背介）這是那裏說起.

張　不要疑遲一直走去便了.

眼望着白雲縹緲.

顧不得石徑迢遙.

漸漸的松林日落空山杳.

但相逢幾箇漁樵.

翠微深處人家少.

萬嶺千峯路一條.

開懷抱.

儘著俺山遊寺宿.

不問何朝.

境隔仙凡幾樹桃.

纔知容易謝塵囂.

清晨檢點白雲署.

行到深山日尚高。

〔註一〕方苞撰張白雲先生傳云：「張怡字瑤星。初名鹿徵。上元人也。父可大明季總兵登萊會毛文龍將卒反。誘執巡撫孫元化。可大死之事聞。怡以諸生授錦衣衞千戶。甲申流賊陷京師。遇賊。將不屈。械繫將掠其黨。或義而逸之。久之始歸故里。其妻已前死。獨身寄攝山僧舍。不入城市。鄉人稱白雲先生。當是時。三楚吳越耆舊多立名義。以文術相高。惟吳中徐昭發宣城沈眉生躬耕窮鄉。雖賢士大夫不得一見其面。然伺有楷墨流傳人間。先生則躭樵汲口不言詩書學士詞人無所求取。四方冠蓋往來日茲山而不知山中有是人也。」卓爾堪明遺民詩集小傳謂「張怡一名遺字薇庵。著有玉氣劍光集數百卷。」顧公燮消夏閑記稱其『名徵字瑤星』王士禎香祖筆記稱其『著書百餘種。有一書紀南渡時事。可裨史乘。』唐鑑國朝學案小識稱其『著有三禮合纂二十八卷』（一書者滄州紀事耶。）啓超案。吾家藏有程青溪（正揆）淺絳山水一軸。爲順治十六年己亥所畫。上款題云『瑤星詞社兄鑒』蓋是松風閣故物。青溪本復社中人。稱瑤星爲社兄。則瑤星疑亦在復社。但逮社一案。卻與瑤星無涉。瑤星亦未嘗爲錦衣衞官。不過蔭襲千戶虛爵耳。云亭殆敬慕瑤星之爲人。欲用作全書結束。故因其曾蔭錦衣。巧借以作穿插耶（錦衣衞職掌有四。一護衞。二緝訪。三刑名。四直房司。）

〔註二〕董文友撰陳定生墓表云：「侯方域密請救於相國王鐸兵部侍郎練國事。兩公遂星馳詣士英。展轉求解於大鋮。以故得稍稍解」據此則營救定生者王與練。而錢不與求救者則爲朝宗。

〔註三〕蟫蠨錄原書今存。

〔註四〕董撰陳墓表又云：「劉儒者。故烈皇帝時舊錦衣也。以片紙付馮鎮撫。謂此東林後人。勿

榜掠」啓超案此文影射劉僑事歸諸張薇。

（註五）龔鼎孶定山堂集有張瑤星招集松風閣詩一首板橋雜記亦有同人社集松風閣一段。

第三十一齣　草檄

樓頭骹矢射江鳴。

朝野誰人不避兵。

肝膽唯存蘇柳輩。

烟塵滿地一身行。

　　——朱永齡。

題桃花扇。

時間　明福王二年三月。

地點　湖廣武昌。

人物　蘇崑生——淨。

　　　店主——副淨。

　　　衆小卒——雜。

　　　四小軍——雜。

蘇崑生（上）

左良玉——小生．
袁繼咸——外．
黃澍——末．
柳敬亭——丑．

布景一　黃鶴樓畔酒家．

備用物　黃鶴酒家牌酒旗鼓板酒壺杯弓矢盔甲旗幟文武執事金寧南
帥府燈籠二總督部院燈籠二監軍察院燈籠二提鉤

萬歷年間一小翁．
崇禎朝代半衰翁．
會逢天啓乾恩陰．
又見弘光嗣廠公．

我蘇崑生睜着五旬老眼看了四代時人．故此做這幾句口號．你說那兩位嗣廠公有天沒日要把正人君子捕滅盡絕可憐俺侯公子做了個法頭例首和老蘇與他同鄉同客只得遠來湖廣求救於寧南左侯誰想一住三日無門可入今日江上大操看他兵馬過處鷄犬無聲好不蕭靜等他回營少不的尋個法兒見他一面（註二）（喚介）店家那裏

店主（上）黃鶴樓頭仙客少．白雲市上酒家多．客官有何話說．

蘇　　請問元帥左爺爺待好回營麼．

店主　　早哩早哩三十萬人馬每日操到掌燈況今日又留督撫袁老爺撫按黃老

蘇　　爺在敎場飲酒怎得便回

店主（斟酒上）既是這等替我打壺酒來漫漫的喫着等他罷．

蘇　　等他做甚喫杯酒早些安歇罷．

店主（下）俺並不張看你放心閉門便了．

蘇　（望介）你看一輪明月早出東山正當春江花月夜．只是與會不佳耳．（坐斟酒飲

介）對此杯中物勉強唱隻曲兒解悶則箇（自敲鼓板唱介）

長空萬里．

見嬋娟可愛．

全無一點纖凝．

十二闌干光滿處．

涼浸珠箔銀屏．

偏稱．

身在瑤臺．

笑斟玉斝．

人生幾見此佳景．

惟願取年年此夜．

人月雙清．（註二）

（自斟飲介）這樣好曲子．除了阮圓海卻也沒人賞鑒罷了．罷了．寧可埋之浮塵．不可投諸匪類（又飲介）這時候也待好回營了．待俺細細唱起來．他若聽得不問便罷．倘來問俺倒是個機會哩（又敲鼓板唱介）

孤影．

南枝乍冷．

見烏鵲縹緲．

驚飛棲止不定．

店主（上怨介）客官安歇罷萬一元帥聽得連累小店倒不是耍的．

蘇（唱介）

萬叠蒼山．

何處是修竹吾盧三徑．

店主（拉蘇睡介）

蘇　不妨事的俺是元帥鄉親巴不得叫他知道纔好請俺進府哩．

店主　既是這等憑你憑你（下）

蘇（又唱介）

追省．

丹桂誰攀．

姮娥獨住．

故人千里漫同情．

惟願取年年此夜．

人月雙清．

衆小卒（背弓矢盔甲走過介）

蘇　（聽介）外邊馬蹄亂響，想是回營了，不免再唱一曲（又敲鼓板唱介）

光瑩，

我欲玉簫吹斷，

驂鸞歸去，

不知何處冷瑤京。

四小軍（旗幟前導介）

蘇　（聽介）喝道之聲漸漸近來，索性大唱一唱，

環佩濕，

似月下歸來飛瓊。

左良玉、袁繼咸、黃澍（冠帶騎馬上）朝中新政教歌舞，江上殘軍試鼓聲。

袁　（聽介）咦，將軍貴鎮也教起歌舞來了。

左　軍令嚴蕭，民間誰敢。

黃　（指介）果然有人唱曲。

左　（立聽介）

蘇　（大唱介）

那更.

香霧雲鬟.

清輝玉臂.

廣寒仙子也堪並.

惟願取年年此日.

人月雙清.

左　（怒介）目下戒嚴之時不遵軍法半夜唱曲快快鎖拏.

小卒（打下門拿出蘇跪馬前介）

左　（問介）方纔唱曲就是你麼.

蘇　是.

左　軍令嚴蕭你敢如此大膽.

蘇　無可奈何冒死唱曲只求老爺饒恕.

袁　聽他所說像是醉話.

黃　唱的曲子倒是絕調.

左　這人形跡可疑帶入帥府細細審問.

合　操江夜入武昌門．

雞犬寂寥似野村．

三更忽遇擊筑人．

無故悲歌必有因．（窣他錦襠）

（作到府介）

左（讓袁黃介）就請下榻荒署．共議軍情．

袁黃　怎好攪擾．

（同入坐介）

袁　方纔唱曲之人．倒要早早發放．

左　正是（吩咐介）帶過那個唱曲的來．

卒（帶蘇跪介）

左（問介）你把犯法情由．從實說來．

蘇　小人來自南京．特投元帥．因無門可入．故意犯法求見元帥之面的．

左　啡該死奴才還不實說．

黃　不必動怒叫他說要見元帥．有何緣故．

蘇　京中事．

似霧昏．

朝朝報仇搜黨人．

現將公子侯郎．

挈向囹圄困．

望舊交．

懷舊恩．

替新朝．

削新忿．——〔鎖南枝〕

左　那侯公子．是俺世交．既來求救．必有手書．取出我瞧．

蘇　（叩頭介）那日阮大鋮親領校尉立挈送獄．那裏寫得及書．

袁　憑你口說如何信得．

左　（想介）有了．俺幕中有侯公子一個舊人．煩他一認．便知眞假．（吩咐介）請柳相

公出來．

一四八

四　小軍（應介）

柳敬亭（上）肉朋酒友．問俺老柳待我認來．（點燭認介）呀．原來是蘇崑生．我的盟弟．

　　（各掩淚介）

柳　果然認的麼．

左　他是河南蘇崑生．天下第一個唱曲的名手誰不認的．

柳　（喜介）竟不知唱曲之人倒是一個義士．（拉起介）請坐請坐．

蘇　（各揖坐介）

柳　你且說侯公子為何下獄．

蘇　為他是東林黨．

　　復社羣．

　　曾將魏崔門戶分．

　　小阮思報前仇．

　　老馬沒分寸．

　　三山街．

　　緹騎狠．

桃花扇註（下）

驟飛來．

似鷹隼——（鎖南枝）

把侯公子捉入獄內音信不通俺沒奈何冒死求救幸虧將軍不殺又得遇著

柳兄（揖介）只求長兄懇央元帥早發救書也不枉俺一番遠來

袁（氣介）袁黃二位盟弟你看朝事如此可不恨死人也

不特此也聞的舊妃童氏跋涉尋來馬阮不令收認另藏私人預備采選要

圖椒房之親豈不可殺

還有一件崇禎太子七載儲君講官大臣確有證據今欲付之幽囚人人共

憤皆思寸磔馬阮以謝先帝（註三）

左（大怒介）我輩戮力疆場只爲報效朝廷不料信用奸黨殺害正人日日賣官鬻爵演

舞敎歌一代中興之君行的總是亡國之政只有一箇史閣部頗有忠心被

馬阮內裏掣肘卻也依樣葫蘆膽俺單身隻手怎去恢復中原（跌足介）

罷罷罷俺沒奈何竟做要君之臣了（揖袁介）臨侯替俺修起參本

袁怎麼樣寫

左你只痛數馬阮之罪便了．

袁領敎

柳（送紙筆介）

袁（寫介）

　朝廷上．

　用逆臣．

　公然棄妃囚嗣君．

　報讎翻案紛紛．

　正士皆逃遁．

　尋冶容．

　教豔品．

　賣官爵．

　筆難盡──（鎖南枝）

（寫完介）

左　　還要一道檄文借重仲霖起稿罷．（揖介）

黃　　也是這樣啟麼．

左　　你說俺要發兵進討．叫他死無噍類．

柳　　該該．

左　　你前言勸俺不可前進．今日為何又來贊成．

柳　　如今是弘光皇帝了．彼一時也此一時也．

左　　是是俺左良玉乃先帝老將．先帝現有太子是俺小主．那馬阮擅立弘光之

黃　　時俺遠在邊方．原未奉詔的．

柳（送紙筆介）　待俺做來．

黃（寫介）

　　清君側．

　　走檄文．

　　雄兵義旗遮路塵．

　　一雲飛渡金陵．

　　直抵鳳凰門．

　　朝帝宮．

謁孝寢．

搜黃閣．

試白刃——（鎖南枝）

（寫完介）

左　　就列起名來．（註四）

袁　　這樣大事灃該請到新巡撫何騰蛟求他列名．（註五）

左　　他爲人固執不必相聞竟寫上他罷了．

袁黃（列名介）

爲何．

左　　今夜謄寫停當明早飛遞投送俺隨後也就發兵了．

袁　　只怕遞鋪誤事．

左　　京中邸名文書紛紛雨集馬阮每早令人搜尋隨得隨燬並不過目．

袁　　如此只得差人了．

左　　也使不得聞得馬阮密令安慶將軍杜弘域築起坂磯久有防備我兵之意．

黃　　此檄一到豈肯干休那差去之人便死多活少了．

左　　這等怎處.

柳　　倒是老漢去走走罷.（註六）

袁黃（驚介）這位柳先生竟是荊軻之流我輩當以白衣冠送之.

柳　　這條老命甚麼希罕只要辦的元帥事來.

左（大喜介）有這等忠義之人俺左崑山要下拜了.（喚介）左右取一杯酒來.

小軍（取酒介）

左（跪奉柳酒介）請盡此杯.

柳（跪飲乾介）

（眾拜柳柳答拜介）

擎杯酒.

拭淚痕.

荊卿短歌聲自呑.

夜牛攜手叮嚀.

滿座各消魂.

何日歸

一五四

無處問．
夜月低．
春風緊—— （鎖南枝）

（各掩淚介）

柳（向蘇介）借重賢弟暫陪元帥．俺就束裝東去了．

蘇 只願救取公子早早出獄．那時再與老哥相見罷．

（俱作別介）

柳（先下）

左 義士義士．

袁黃 壯哉壯哉．

渺渺煙波夜氣昏．
一樽酒盡客消魂．
從來壯士無還日．
眼看長江下海門．

（註一）據吳梅村楚兩生行．蘇崑生在左良玉幕中似頗久．侯朝宗並無入獄事．蘇之謁左．並不

因侯。此齣情節。作者虛擬耳。

（註二）所唱者。琵琶記中秋翫月曲文也。楚兩生行云。「憶昔將軍正全盛江樓高會誇名勝生

來索酒倚長歌。中天明月軍聲靜」云亭選琵琶此曲正罩取梅村詩中情景。

（註三）太子童妃兩案始末詳第三十二齣註二註三。

（註四）左兵東犯。慈恩最力者爲黃澍。而袁繼咸則匡救不及耳。今據史文紀其實。明史左良玉

傳云。「……良玉之起由侯恂恂。故東林也。馬士英阮大鋮用事。慮東林倚良玉爲難。齮齕修好

而陰忌之。築坂礚爲西防。良玉歎曰。今西何所防殆防我耳。會朝事日非。監軍御史黃澍挾良玉

勢。面觸馬阮。既返緹騎逮澍良玉留澍不遣。澍與諸將日以清君側爲請良玉躊躇不應亡何

有北來太子事。澍借此激衆以報已怨召三十六營大將與之盟良玉反意乃決傳檄討馬士英。

自漢口達蘄州列舟二百餘里……」明史袁繼咸傳云。「……福王立南京頒詔武昌良玉不

拜詔繼咸致書言倫序正良玉乃拜受詔繼咸入朝。……密奏曰。「左良玉雖無異圖然所部多

降將非孝子順孫陛下初登大寶人心危疑意外不可不慮」……會湖廣巡按御史黃澍勒奏

士英十大罪士英擬旨逮治澍澍與良玉謙陰諷將士大譁欲下南京索餉繼咸爲留江漕十萬

石餉十三萬金給之。且代澍申理以良玉依仗澍爲言士英不得已免逮澍。……會都下又有僞

太子之事良玉爭不得遂與士英謀有隙攜咸疏言「太子眞僞。非臣所能懸揣眞則望行良玉

言僞則不妨從容審處」……據此可見此事主動實惟黃澍。而袁繼咸

咸並未與聞此云袁黃列名。殊非事實。袁黃二人品格相去懸絕（詳第三十四齣註一）此書

等量齊觀之亦非是。

（註五）何騰蛟字雲從。山陰人。以崇禎十六年十月任湖廣巡撫後翊佐永歷固守湖湘。封中湘

王。順治五年正月兵敗不屈死。

（註六）柳敬亭爲左良玉奉使南京，確有其事，但非爲傳満君側之檄耳。吳偉業撰柳敬亭傳云：

『……阮司馬大鍼生舊識也，與左郵而新用事，生還南中請左曰「見阮云何」左無文書卽命口報阮以捐棄攻嫌圖國事生歸對如寧南指且結約還報……」又黃宗羲撰柳敬亭傳云：

『……嘗奉命至金陵，是時朝中皆畏寧南聞其使人來，莫不傾動加禮宰執以下俱使之南面上坐稱「柳將軍」……」案此當爲甲申冬或乙酉春事。

第三十二齣　拜壇

『久矣泥塗書亥字。

淒其衰白感丁年。

誰憐靈武麻鞋叟。

老向空山拜杜鵑。』

潘次耕贈錢飲先詩。

時間　明崇禎十八年乙酉三月十九日。

地點　一、南京太常寺。

二、南京雞鵝巷馬士英寓所。

人物　老贊禮———副末。

馬士英———淨。

楊文驄——末.
史可法——外.
執事官——雜.
阮大鋮——副淨.
長班——雜.

布景　太常寺內設祭案香爐燭臺.
備用物　帛二爵三笏祭文燎爐.

老贊禮（冠帶白鬚上）

眼看他——
命運差.
河北新房一半塌.
承繼箇兒郎貪戲耍.
不報寃讎不掙家.
窩裏財——
奴亂抓——
　　（吳小四）

（內贊）

在下是太常寺一箇老贊禮——住在神樂觀旁，專管廟陵祭享之事。那知天翻地覆，立了這位新爺，把俺南京重新興旺起來。今歲乙酉改曆建號之年，家家慶賀，我老漢三杯入肚，只唱這箇隨心令兒——旁人勸我道「各人自掃門前雪，莫管他人屋上霜」，我回言道「大風吹倒梧桐樹，也要旁人話短長」。（喚介）孩子們今日是三月十幾日。

三月十九日了。

呵呀三月十九日乃崇禎皇帝忌辰，奉旨在太平門外設壇祭祀（註一）派著我當執事的，怎就忘了。快走快走。（走介）

岡岡巒巒接接連連

竹竹松松密密叢叢

不覺已到壇前，且喜百官未到，待俺趁早鋪設起來。

（作排案供香花燭酒介）

馬士英楊文聰（素服從人上）

新圖畫。

舊江山。

桃花扇註（下）

一五九

暮春煙景人瀟灑．

出城市遍野桑麻．

哭甚麼舊主升遐．

告了箇遊春假．

史可法（素服上）這繞去

野哭江邊奠杯斝．

揮不盡血淚盈把．

年時此日問蒼天——

遭的什麼花甲——（普天樂）

（相見各揖介）

馬　　今日乃思宗烈皇帝升遐之辰．禮當設壇祭拜．

楊　　正是．

史　（問介）文武百官到齊不曾．

贊　　俱已到齊了．

馬　就此行禮.

贊（贊禮執事官捧帛爵介）

贊　執事官各司其事陪禮官就位代獻官就位

（各官俱照班排立介）

贊　瘞毛血迎神參神伏俯興.伏俯興.伏俯興.伏俯興.平身.

（各行禮完立介）

贊　行奠帛禮詣壇.

馬（秉笏至神位前介）

贊　搢笏獻帛奠帛.

馬（跪奠帛叩介）

贊　平身出笏詣讀祝位跪.

馬（跪介）

贊　讀祝.

贊（跪讀介）維歲次乙酉年.三月十九日皇從弟嗣皇帝——由崧謹昭告於思宗烈皇帝曰仰惟文德克承武功載績御極十有七年皇綱不振大宇中傾皇帝殉社稷皇后太子俱死君父之難愚不才忝顏偷生俯順臣民之請正位南

桃花扇註（下）

一六一

都權為宗廟神人主．慟一人之升退．懲百僚之怠傲．努力廟謨．惴惴憂懼．枕
戈飲泣．誓復中原．今值賓天忌辰．敬設壇壝．遣官代祭．茲追慕之誠．歆此
蘋繁之獻尚饗

贊
舉哀
（各官哭三聲介）

贊
哀止伏俯興復位．

馬（轉下介）

贊
行初獻禮陞壇．

馬（至神位前介）

贊
摺笏獻爵奠爵

馬（跪奠爵叩介）

贊
平身出笏復位．

贊
行亞獻禮終獻同．

贊
徹饌送神伏俯興（四拜同）
（各官依贊拜完立介）

贊
讀祝官捧祝進帛官捧帛各詣瘞位．

（各官立介）

贊　　望瘞

雜（焚祝帛介）

贊　禮畢．

史（獨大哭介）

萬里黃風吹漠沙．

何處招魂魄．

想翠華——

守枯煤山幾枝花．

對晚鴉——

江南一半殘霞．

是當年舊家．

孤臣哭拜天涯．

似村翁歲臘．

桃花扇註（下）

一六七

似村翁歲臘。——（朝天子）

贊　老爺們哭的不慟俺老贊禮忍不住要大哭一場了。（大哭一場下）

阮大鋮（素服大叫上）我的先帝呀我的先帝呀今日是你週年忌辰俺舊臣阮大

鋮趕來哭臨了。（拭眼問介）祭過不曾

馬　方纔禮畢

阮（至壇前急四拜哭白介）先帝。先帝。你國破身亡。總喫虧了一夥東林小人。如今

　都投了北朝膝下我們幾箇忠臣——今日還想著來哭你你爲何至死不

　悟呀（又哭介）

馬（拉介）圓老不必過哀起來作揖罷

阮（拭眼各見介）

史（背介）可笑可笑（作別介）請了。

　煙塵三里路。

　魑魅一班人。

馬　我們皆是進城的。就並馬同行罷。（作更衣上馬行介）幕閉

（下）

合　奠瓊漿

哭壇下．失聲相向誰眞假．

千官散一路喧譁．

好趁著景美天佳．

閒講些興亡話．

詠歸去恰似春風浴沂罷．

何須問江北戎馬．

南朝舊例盡風流．

只愁春色無價——〔普天樂〕

雜（喝道介）

馬　已到鷄鵝巷離小寓不遠請過荒園同看牡丹何如．

楊　小弟還要拜客就此作別了．

（別下）

阮　待晚生趨陪罷．

（作到下馬介）（幕開）

布景　馬士英後花園——牡丹盛開。

備用物　桌席一酒壺酒杯本章檄文。

馬　請進.

阮　晚生隨行.

（馬前阮後入園介）

阮　果然好花.

馬　（吩咐介）速擺酒席我們賞花.

雜　（擺酒席介）

馬阮　（更衣坐飲介）

馬　（大笑介）今日結了崇禎舊局明日恭請聖上臨御正殿我們一朝天子一朝臣了.

阮　連日在江上不知朝中有何新政.

馬　目下假太子王之明（註二）正在這裏商量發放圓老有何高見.

阮　這事明白易處.

馬　怎麼易處.

阮　老師相權壓中外者只因擁戴二字.

一六六

馬　是是．

阮　既因擁戴二字──

馬　若認儲君眞不差．

阮　把俺迎來主．

馬　放那搭．
　　是是就著監禁起來．不要惑亂人心．（問介）還有舊配童氏哭訴朝門．要
　　求迎爲正后這何以處之（註三）
　　這益發使不得．

阮　自古君王愛館娃．
　　繫臂紗．
　　先須采選來家．
　　替椒房作伐．
　　是是俺已采選定了．這箇童氏自然不許進宮的．（又問介）那些東林復
　　社捕挈到京如何審問．
　　這班人天生是我們寃對豈可容情．

切莫剪草留芽．

但搜來盡殺．

但搜來盡殺——（朝天子）

馬　（大笑介）有理有理老成見到之言．句句合著鄙意．挐大杯來歡飲三杯．

班役　（持本急上稟介）寧南侯左良玉有本章一道封投通政司這是內閣揭帖送來過目

馬　（接）他有什麼好本．（看本怒介）呀呀了不得就是參咱們的疏稿這疏內數出咱七大罪（註四）叫聖上立賜處分好恨人也

雜　（又持文書急上）還有公文一道差人賷來的

馬　（接看驚介）又是討俺的一道檄文文中罵的著實不堪還要發兵前來取咱的首級這卻怎處

阮　（驚起亂抖介）怕人．怕人別的有法這卻沒法了．

馬　難道長伸頸頸等他來割不成

阮　待俺想來．（想介）沒有別法除是調取黃劉三鎮早去堵截

馬　儻若北兵渡河叫誰迎敵

一六八

阮（向馬耳介）北兵一到．還要迎敵麼．

馬　不迎敵．更有何法．

阮　只有兩法．

馬　請教．

阮（作搊衣介）跑．（又作跪地介）降．

馬　說的也是大丈夫烈烈轟轟．寧可叩北兵之馬．不可試南賊之刀．吾主意已決．即發兵符調取三鎮便了．（想介）且住調之無名．三鎮未必肯去．這却怎處．

阮　只說左兵東來．要立潞王監國．三鎮自然著忙的．

馬　是是．就煩圓老親去一遭．

合

發兵符．乘飛馬．

過江速勸黃劉駕．

舟同共濟舵同挐．

纔保得性命身家．

非是俺魂驚怕．

怎當得百萬精兵．從空下．

頃刻把城闕攻打．

全憑鐵鎖斷長江．

拉開強弩招架──（普天樂）

阮　辭過老師相晚生卽刻出城了．

馬　且住還有一句密話（附耳介）內閣高弘圖姜曰廣．左袒逆黨俱已罷職

　　丁那周鑣雷縯祚留在監中恐爲內應趁早處決何如

阮　極該極該．

馬（拱介）也不送了．

阮（竟下）

阮（出）

雜（稟介）那箇傳檄之人還挐在這裏聽候發落．

阮　沒有甚麼發落挐送刑部請旨處決便了．（上馬欲下介）（尋思介）且

　　不要孟浪我看黃劉三鎮也非左兵敵手萬一斬了來人日後難於挽回（

（喚介）班役你速到鎮撫司．拜上馮老爺將此傳檄之人．用心監候．

阮（應下）

幾乎誤了大事（上馬速行介）

江南江北事如蔴．
半倚劉家半阮家．
三面和棋休打算．
西南一子怕爭差．

（註一）南疆繹史云：『乙酉三月十九日思宗忌辰．王于宮中舉哀．百官于太平門外設壇遙祭．以東宮二王祔祭』

（註二）僞太子事爲南朝一大疑案．左兵之來以此．南都之亡亦卽以此．今依南疆繹史明季南略兩書撮舉其始末及時日．乙酉年二月廿九日鴻臚寺少卿高夢箕密奏先帝皇太子自北來遣內臣蹤跡之．三月初一日內臣自杭州送北來太子至京．駐興善寺彊太監李承芳盧九德等審際．還報．夜五鼓移至錦衣衛都督馮可京邸舍．初二日御武英殿命府部九卿科道及前東宮講官中允劉正宗李景濂少詹事方拱乾等審視．太子眞僞問答有歧．大學士王鐸直此爲僞．再命嚴究主使之人久之．自供爲王之明故駙馬都尉王昺姪孫．曾侍衛東宮家破南奔高夢箕家．丁穆虎敎之詐稱太子．

初三日下王之明中城兵馬司獄.

初九日命百官會鞫王之明高夢箕丁穆虎於午門外.

初十日黃得功抗疏爲太子訟冤.

十五日再霈左都御史李沾喝令將王之明上椸.案遂定.

二十三日劉良佐抗疏爲太子訟冤.並及童妃事.

二十八日左良玉抗疏爲太子訟冤.

四月初二日何騰蛟抗疏爲太子訟冤.

十六日袁繼咸抗疏謂左良玉舉兵東下.請赦太子以遏止之.

第三十三齣　會獄（註一）

（註三）童妃之獄與太子獄先後發生南疆繹史記其事云「童氏爲福王繼妃.生子巳六歲矣.南渡後王迎鄒太妃而不召妃妃乃自陳於官巡按陳潛夫以聞王不報劉良佐會同撫臣越其杰假儀術送至京王不悅訶之爲妖婦即命付錦衣衛監候妃從獄中自書入宮年月及亂離情事甚晰王又弗顧巳而命嚴刑拷訊血肉狼籍妃初則徒跣詛罵既則直聲呼號宛轉於地下者不三日而死」

（註四）左疏見明季南略

囹圄裏.

竟是瀛洲翰苑.

——本詞.

時間　明福王二年乙酉三月.

地點　南京獄中

人物

侯朝宗——生.

陳貞慧——末.

吳應箕——小生.

柳敬亭——丑.

獄官——淨.

雷介公——雜.

周仲馭——雜.

四校尉——雜.

布景　獄中.

備用物　手扭手牌繩鎖標子提燈.

侯朝宗（厰衣愁容上）

宮槐古樹閱滄田.

掛寒烟.

倚頹垣.
末後春風.
繞綠到幽院.
兩箇知心常步影.
說新恨.
向誰借酒錢.

小生侯方域被逮獄中已經半月.只因證據無人暫羈候審.幸虧故人聯牀.顏
不寂寞你看月色過牆照的槐影迷離不免盧庭一步

碧澄澄澄月明滿天.
淒慘慘哭聲一片.
牆角新鬼帶血來分辯.
我與他死同儷.
生同寃.
黑獄裏半夜作白眼.——

（弌弌令）

獨立多時．忽然毛髮直豎．好怕人也．待俺喚醒陳吳兩兄．大家閒話．（喚介）

定兄醒來．（又喚介）次兄睡熟了麼

陳吳（揉眼出介）

陳　這時月高斗轉．

　　為何獨行空院．

　　閒將露痕蹋徧．

吳　愁懷且捐

　　萬語千言望誰憐——　（尹令）

　　（見介）侯兄怎的還不安歇

侯　我想大家在這黑獄之中．三春鶯花半點不見．只有明月一輪．還來相照豈

　　可捨之而睡

陳　是是同去步月一回．（行介）

侯　冤聲滿獄．

　　鋤鐺夜徹纏．

　　三人步月．

桃花扇註（下）

一七五

身輕若飛仙．

閒消自遣．

莫說文章賤．

從來豪傑．

都向此中磨煉．

似在棘圍鎖院．

分簾校賦篇──（品令）

柳（枷鎖上）（註二）戎馬不知何處避賢豪半向此中來．我柳敬亭被挐入獄．破題兒第一夜便覺難過（歎介）嗳方纔睡下又要出恭這箇裙帶兒沒人解好苦也（作蹲地聽介）那邊有人說話像是侯相公聲音待我看來（起看驚介）竟是侯相公（喚介）你是侯相公麼

侯（驚認介）原來柳敬亭．

陳吳　柳敬亭爲何也到此中．

柳（認介）陳相公吳相公怎麼都在裏邊．（舉手介）阿彌陀佛這也算佛殿奇逢了．

侯　難得難得大家坐地談談．（同坐介）

一七六

便他鄉遇故．
不算奇緣．
這牆隔著萬重深山．
撞見舊時親眷．
渾忘身累．
笑看月圓．
卻也似武陵桃洞．
卻也似武陵桃洞．
有避亂秦人．
同話漁船．——
（豆葉黃）

侯

柳

且問敬老你犯了何罪枷鎖連身．如此苦楚．
老漢不曾犯罪只因相公被逮入獄蘇崑生遠至楚南懇求解救那左帥果
然大怒連夜修本參著馬阮又發了檄文一道托俺傳來隨後要發兵進討
馬阮害怕自然放出相公去的

寧南兵變．

料無能將檄傳．

探湯蹈火咱情願．

也只為文士遭譴．

白頭志高窮更堅．

渾身枷鎖吾何怨．

助將軍除暴解寃．

助將軍除暴解寃．

助將軍除暴解寃．

侯　竟不知敬亭吃虧乃小生所累崑生遠去求救盂發難得可感可感．

陳　雖如此說只怕左兵一來我輩倒不能苟全性命

吳　正是寧南不學無術如何肯救

（皆長吁介）

獄官（執手牌）

校尉四人（點燈提繩急上）

獄官　　四壁寃魂滿．三更獄吏尊刑部要人明早處決快去綁來．

校尉　　該綁那箇．

獄官　　牌上有名（看介）逆黨二名周鑣雷縯祚．（註三）

校尉　　執燈照侯陳吳柳面介）不是不是．

獄官（喝介）你們無干的各自躱開．

獄官（領校尉急下）

陳（悄問介）綁那箇．

吳　　聽說要綁周鑣雷縯祚．

侯　　嚇死俺也．

柳　　我們等著瞧瞧．

獄官（執牌前行）

校尉（背綁二人赤身披髮急拉下）

侯（看呆介）

陳　　果然是周仲馭雷介公．他二位．

吳　　這是我們的榜樣了．

侯　　**演著明夷卦**

束林事盡翻．

正人慘害天傾陷．

片紙飛來無人見．

三更縛去加刑典．

教俺心驚膽顫．

合　黑地昏天．

這樣收場難免——（江兒水）

侯　（問柳介）我且問你外邊還有甚麼新聞．

柳　我來的倉卒不曾打聽只見校尉紛紛拏人．

陳吳　（問介）還拏那箇．

柳　聽說要拏巡按黃澍督撫袁繼咸大錦衣張薇還有幾個公子秀才想不起了．

侯　你想一想．

柳　（想介）人多著哩只記得幾箇相熟的有冒襄方以智劉城沈壽民沈士柱楊廷樞（註四）

陳　有這許多．

吳　俺這裏邊．將來成一箇大文會了．

侯　倒也有趣．

合　囹圄裏．
竟是瀛洲翰苑．
畫一幅文會圖懸．
畫一幅文會圖懸．
避紅塵一羣謫仙．
同賞春月．
同聽鵑．
感秋風．
同詠蟬．——（川撥棹）

柳　三位相公宿在那一號裏．

侯　都在荒字號裏．

陳　敬老罵在那裏．

就在這後面藏字號裏．

前後相近早晚談談．

我們還是輕監敬老竟似重囚了．

阿彌陀佛免了上押床就算好的狠哩（作勢介）

柳　高拱手礙不了禮數周全．

曲肱兒枕頭穩便．

只愁今夜裏．

吳　少一箇長爪麻姑搔背眠．

柳　相逢眞似島中仙．

陳　隔絕風濤路八千．

吳　地僻偏宜人嘯傲．

侯　天空不礙月團圓．

（註一）當時下獄者只有陳定生侯朝宗吳次尾皆逃而免詳見第二十九齣註一．次尾曾私入獄中謀視問周仲馭及定生見明史次尾本傳朝宗則未嘗一履獄門本齣會獄云云借作波瀾

並借以點出周雷之遇害耳．

（註二）柳敬亭東下，乃爲左良玉交驩阮大鋮，並非傳檄見第三十一齣註六．敬亭下獄事全屬虛構．

（註三）周鑣字仲馭金壇人．雷縯祚字介公．太湖人．明史俱有傳附姜曰廣傳後．二人蓋當時清流中之策士．仲馭聲譽尤高與張天如齊名門生徧東南都初建呂大器姜曰廣欲立潞王周雷實其謀馬阮修東林復社之怨欲一網打盡借二人以發難左兵東下．大鋮謂二人實召之竟不待訊鞠以中旨賜死獄中時四月初八日本書係諸三月時日微誤．

（註四）冒方二沈楊皆見前劉城字伯宗貴池人．

第三十四齣　截磯

　　　東來處仲無他志．
　　　北去深源有盛名．
　　　　　　吳梅村揚州．
「樓船諸將碧油幢．
一片降旗出九江．
獨有龜年臥吹笛．
暗潮打枕泣篷窗」

「西興哀曲夜深聞。
絕似南朝汪水雲。
回首岳侯墳下路。
亂山何處葬將軍」

梅村贈蘇崑生（四首之一）

時間　明崇禎十八年乙酉四月。

地點　江西九江鎮坂磯。

人物　蘇崑生——淨。

黃得功——末。

黃卒——衆雜。

左良玉——小生。

左兵——雜。

黃澍——末。

袁繼咸——外。

布景　幕外

蘇崑生（上）　南北制成三分鼎。

江湖挑動兩支兵．

咱家蘇崑生——為救侯公子．激的的左兵東來．約了巡按黃澍．巡撫何騰蛟同日起馬今日船泊九江．早已知會督撫袁繼咸齊集湖口共商入京之計誰知馬阮聞信調了黃得功在坂磯截殺你看狼煙四起勢頭不善少爺左夢庚前去迎敵俺且隨營打探正是地覆天翻日龍爭虎鬭時

（下）　幕開

布景　長江沿岸場上設弩台架礮鐵鎖關江．

備用物　雙鞭白旗船二塊報鞭鈴辰砂碗香案香爐燭臺劍

黃得功（戎裝雙鞭領軍卒上）

打舳艫捲甲倒走——（三臺令）

架礮指江州．

鄰國蕭牆盡�676．

北征南戰無休．

咱家黃得功表字虎山．一腔忠憤蓋世威名要與俺弘光皇帝收復這萬里山河可恨兩劉無肘臂之功一左為腹心之患今奉江防兵部尚書阮老爺兵牌

桃花扇註（下）

一八五

調俺駐札坂磯堵截左寇．這也不是當要的．（喚介）家將田雄何在．

田　有．

黄　速傳大小三軍聽俺號令．

（軍卒排立吶喊介）

黄

硬邦邦敢要君的渠首．

亂紛紛不服王的羣寇．

軟弱弱沒氣色的至尊．

鬧喧喧爭門戶的同朝友．

只膧咱一營江山守．

正防著戰馬北來驟．

忽報著樓船——

已入浦口．

貔貅．

飛旌旗控上游．

戈矛.

傳烽煙截下流.——（山坡羊）

黃卒（登臺介）

左兵（白旗白衣吶喊駕船上）

黃卒（截射介）

左兵（敗回介）（註二）

黃卒（趕下）

左良玉戎裝白盔素甲坐船上

對先帝一片心堪剖.

扚著俺萬年名遺臭.

吠唐堯聽使喚的三家狗.

投北朝學叩馬的夷齊.

媚昏君上排場的花醜.

替奸臣復私讎的槳紂.

忙把儲君來冤苦救．

不羞．做英雄到盡頭．

難收．

烈轟轟東去舟——（山坡羊）

俺左良玉領兵東下．只為剪除奸臣．救取太子．叵耐兒子左夢庚借此題目便要攻打城池妄思進取俺已嚴責再三只怕亂兵引誘將來做出事來且待度過坂磯慢慢勸他．

蘇　（怱上）

報元帥不好了黃得功截殺坂磯前部先鋒俱各敗回了．

左　（驚介）

有這等事黃得功也是一條忠義好漢怎的受馬阮指撥只知擁戴新主竟不念先帝六尺之孤豈不可恨（喚介）左右快看巡按黃老爺巡撫何老爺船泊那邊請來計議．

雜　（應下）

黃澍（上）

將帥隨談塵．

風塵指義旗．

一八八

下官黃澍方纔泊船，恰好元帥來請。（作上船介）

左　（見介）仲霖果然到來巡撫何公如何不見。

澍　行到半途又回去了。（註二）

左　為何回去。

澍　他原是馬士英同鄉。

左　隨他罷了這也怪他不得。（問介）目下黃得功攔住坂磯三軍不能前進。

澍　這箇可慮且待袁公到船再作商量。

　　如何是好

袁繼咸　（從入上）

　　孽子含冤天慘淡。

　　孤臣舉義日光明。（註三）

來此是左帥大船左右通報。

雜　（稟介）督撫袁老爺到船了。

左　快請。

袁　（上船見介）適從武昌回署整頓兵馬願從鞭弭。

澍　目下不能前進了。

袁　爲何.

左　黃得功領兵截殺.先鋒俱已敗回.

袁　事已至此.欲罷不能.快快遣人游說便了.

左　敬亭已去無人可遣奈何.

蘇　晚生與他頗有一面情願效力.

左　崑生義氣不亞敬亭今日正好借重.

謝　你如何說他.

（問介）

蘇　俺只說鷸蚌持.

　　漁人候.

　　旁觀將利收.

　　英雄舉動.

　　要看前和後.│

　　故主恩深.

　　好爵自受.

欺他子．害他妃．全忘舊．殺人只落血雙手．何必前來．同室爭鬪——（五更轉）

袁　說得有理

左　還要把俺心事講箇明白叫他曉得——奸臣當殺太子當救完了兩椿大事於朝廷一塵不驚於百姓秋毫無犯為何不知大義妄行截殺

澍　正是那黃得功一介武夫還知報效俺們倒肯犯上作亂不成叫他細想

蘇　是是俺就如此說去

報卒（急上）報元帥九江城內一片火起袁老爺本標人馬自破城池了．

袁（驚介）怎麽俺的本標人馬自破城池這了不得

左（怒介）豈有此理不用猜疑這是我兒左夢庚做出此事陷我為反叛之臣罷了罷了有何面目再向江東（拔劍欲自刎介）

澍（抱住介）

左（握袁手注目介）臨侯.臨侯.我負你了.（作嘔血倒倚上介）

蘇（喚介）元帥甦醒.元帥甦醒

袁　竟叫不應了.這怎麼處

澍　想是中惡.快取辰砂灌下.

蘇（取碗灌介）牙關閉緊灌不進了.

衆（哭介）

大將星.

落如斗.

旗杆摧舵樓.

殺場百戰精神抖.

凜凜堂堂.

一身甲冑.

平白的膈下亡.

全身首．魂歸故宮煤山頭。

同說艱辛．君啼臣吼（註四）────（五更轉）

雜（拾左下）

袁　元帥已死本鎮人馬霎時潰散那左夢庚據住九江叫俺進退無門儻若黃

兵搶來如何逃躱

澍　我們原係被逮之官今又失陷城池挈到京中再無解救不如轉回武昌同

著巡撫何騰蛟另做事業去罷

袁　有理

袁澍（急下）（註五）

蘇（呆介）你看他們竟自散去單賸我蘇崑生一人守著元帥屍首好不可憐不免點

起香燭哭奠一番（設案點香燭哭拜介）

氣死英雄人盡走．

搬下了空船柩．

俺是簡招魂江邊友．

沒處買一杯酒．————（註六）（哭相思）

且待他兒子奔喪回船收殮停當俺纔好辭之而去．如今只得耐性兒守著．正

是

英雄不得過江州．

魂戀春波起暮愁．

滿眼青山無地葬．

斜風細雨打船頭．

（註一）左兵之敗據明史黃得功傳乃在良玉死後．其子夢庚仍率兵東犯．為得功所敗．非燬掠九江以前事也．時得功駐師獲港破夢庚於銅陵．其地亦非坂礬

（註二）明史何騰蛟傳云『良玉舉兵反邀騰蛟借行不可則盡殺城中人以劫之．士民爭匿其暑中．騰蛟坐大門縱之入良玉破垣舉火避難者悉焚死騰蛟急佩印付家人．令速走將自到為良玉部將擁去良玉欲與同舟不從乃置之別舟以剁將四人守之．舟次漢陽門乘間躍入江水漂十餘里漁舟救之起』據此可知何雲從對於良玉之反始終未嘗銜從本書乃以之與黃澍並列且謂同行將到九江半途折回殊非事實似此幾令讀者疑雲從為首鼠兩端之人矣．內中黃澍說『他原是瓦士英同鄉』一語中含譏諷尤非所宜．

（註三）南疆繹史袞繼咸傳云『偽太子事起士英大鋮欲借之以起大獄．盡誅正人．流傳洶洶．

良玉疏爭不納。繼咸疏言「太子眞僞。非臣所能懸揣。眞則望良玉言。僞則不妨從容審處。多召東宮舊臣辨識以解中外之疑」疏未達良玉已起兵。時闖賊敗方逼漢沔。左兵欲避寇無名。黃澍因說良玉清君側惡救太子。乙酉四月良玉遂傳檄數士英罪。部署三十六總兵而東。初繼咸聞闖賊南渡。令其部將郝效忠鄧林奇等守九江。自統副將汪碩畫將李士元等授吉安。甫登舟而聞左兵且至。九江士民大恐環泣留繼咸乃爭移諸將家口入城以繫兵心。列兵城外拒戰。士民皆言我兵十不及三。激之禍不測。若俟良玉至。驗之以理。且令諸將欲兵入守相機而動。繼咸日入城示之弱。不可。而裨將郝效忠不待令。隨移其家口入城矣。良玉抵北岸書來。願撮手一別。爲太子死。繼咸至其舟。事良玉大哭。袖出太子密驗。劫諸將盟。繼咸正色曰「先帝舊恩不可忘。今上新恩亦不可負。密驗從何來。公今以撤行之。是仇國也。諸將涕泣曰「兵諫非也。晉陽之甲。春秋所惡。我可同亂乎。當與諸君共城守以俟朝命」而兩營諸將有相通者。左營幕入縱火。衰營跟世勳郝劲忠夜半斬門出。良玉兵遂入城劫財物掠婦女。繼咸度不能制。冠帶欲自盡。黃澍入王文成拜曰「寧南無異圖。公以一死激成之大事去矣」副將李士春欲自繼咸「隱忍到前途侯矣」嘔血數升而死」據此則繼咸乃止。出城欲面責之。時良玉疾已劇。望城中火光大哭曰「我負臨侯」本書所演一若臨侯爲主動。本書所演一若臨侯爲主動。有力之人。殊屬誤要之。何嘗當時對於北來太子皆嘗抗疏營救。皆以此爲馬阮所嫉。此事實也。其與左良玉平時能委曲相處之。皆有相當的敬禮。亦事實也。至於晉陽之甲。兩人實皆持堅決反抗態度。不知云何故作此等點污之筆

〔註四〕桃花扇以左史黃並列爲三忠——末齣云「釐整乾坤左史黃」第三十七齣評語云。一南朝三忠史閣部心在明朝左寧南心在崇禎黃靖南心在弘光此論非是史黃雖無功可紀

然其人實可敬。左則安能與比。良玉在崇禎朝。擁兵養賊跋扈已久。所謂「忠於崇禎」者安在。

其東犯之動機實在避闖寇。而黃澍獻策以救太子清君側爲名澍固藉以報復良玉亦正好利

用耳。云亭於良玉非惟無貶詞。如哭主齣及此處乃反極力爲之揜忠義蓋東林諸人素來祖

護良玉清初文士皆中於其說。——吳梅村詩「東來處仲無他志」即此種輿論之代表。——

云亭亦爲所誤耳

（註五）左夢庚既爲黃得功所敗。時清兵已下泗州。逼儀徵夢庚及黃澍遂陰迎降。袁繼咸孤舟

避蘆葦中。夢庚刼之去入清營。不屈死事詳南疆繹史袁繼咸傳澍與繼咸一降一死薰蕕判然。

兩人皆無回武昌依何朧蚊事。不知云亭何故作此顢頇之筆

（註六）吳梅村贈蘇崑生詩云「槭船諸將碧油幢一片降旗出九江。獨有龜年夜吹笛。暗潮打

枕泣蓬窗」據此則良玉東犯夢庚北降時崑生確在左軍中。

第三十五齣　誓師

造次分旄節。
安危作棟梁。
諸公咸倚重。
吾意獨徬徨。
吳日千詩。

時間　明崇禎十八年乙酉四月廿四日。

地點　揚州梅花嶺．

入物　史可法．

　　家丁——丑．

　　小卒——四雜．

　　中軍——末．

　　三將——淨副淨丑

布景　幕外

備用物　白氈大帽提鐙．

史可法（白氈大帽便服上）

兩年吹角列營．

每日調馬催征．

軍逃客散鬢星星．

恨壓廣陵城——　（賀聖朝）

下官史可法——日日經略中原究竟一籌莫展．那黃劉三鎮皆聽馬阮指使．

移鎮上江堵截左兵丟下黃河一帶千里空營忽接塘報本月二十一日北兵

已入淮境本標食糧之人．不足三千．那能抵擋得住這淮揚一失眼見京師難

保豈不完了明朝一座江山也（註一）可惱可惱俺且私步城頭察看情形再作

商量

家丁（提小鐙隨行上城介）

悄．上城頭危徑．

更深人睡醒．

樓烏頻叫．

擊柝連聲．

女牆邊側耳聽．

（聽介）

內（作怨介）北兵已到淮安沒箇睄鬼兒問他一聲只拾俺幾箇殘兵死守這坐揚州如

史（點頭自語介）你們那裏曉得

何守得住元帥好沒分曉也

萬里倚長城．

揚州父子兵．

（又聽介）

內 （作恨介）罷了．罷了．元帥不疼我們．早早投了北朝．各人快活去．爲何儘著等死．

史 （驚介）呵呀竟想投降了．這怎麼處

這揚州�膛了一分景．

守字兒難成．

他降字兒橫胸．

（又聽介）

內 （作怒介）我們降不降．還是第二著自家殺搶殺搶跑他娘的．只顧守到幾時呀．

史 咳．竟不料情形如此．

不待明——（二犯江水兒）

疾忙歸夜點兵．

熱心冰冷

聽說猛驚

（忙下）幕閉

布景　山林景.

內（掌號放礮作傳操介）

備用物　令箭旗幟儀衞砲鼓燭臺.

小卒四人（上）今乃四月二十四日.〔註二〕不是下操的日期.為何半夜三更.梅花嶺

放砲快去看來.（急走介）

中軍（持令箭提鐙上）

隔江雲陣列.

連夜羽書飛.

（呼介）元帥有令.大小三軍速赴梅花嶺聽候點卯.

衆（排列介）

史（戎裝旗引登壇介）

月升鴟尾城吹角.

星散旄頭帳點兵.

中軍何在.

有.

中軍

史

目下北信緊急.淮城失守.這揚州乃江北要地.儻有疎虞.京師難保.快傳五

中軍　營四哨點齊人馬．各照汛地晝夜嚴防．敢有倡言惑衆者軍法從事

　　　得令（傳令向內介）元帥有令三軍聽者——各照汛地晝夜嚴防．敢有

　　　倡言惑衆者軍法從事

內（不應）

史　怎麼寂然無聲．（吩咐中軍介）再傳軍令叫他高聲答應．

中軍（又高聲傳介）

內（不應）

史　仍然不應著擊鼓傳令．

中軍（擊鼓又傳介）

內（又不應）

史　分明都有離畔之心了．（頓足介）不意天意人心．到如此田地．（哭介）

　　皇天列聖．

　　高高呼不省．

　　闌珊殘局．

　　膌俺支撐．

奈人心俱瓦崩．

俺史可法好苦命也．（哭介）

協力少良朋．

同心無弟兄．

只靠你們三千子弟．誰料今日呵——

都想逃生．

漫不關情．

讓江山 倒 像 設 著 筵 席 請．

（拍胸介）史可法．史可法．平生枉讀詩書．空談忠孝．到今日其實沒法了．（哭介）

哭聲祖宗．

哭聲百姓．

（大哭介）

中軍 （勸介）元帥保重軍國事大．徒哭無益也．（前扶介）你看淚點淋漓．把戰袍都濕

透了．（驚介）咦怎麼一陣血腥快點燈來．

雜（點燈照介）呵呀．渾身血點．是那裏來的．

史（拭目介）都是俺眼中流出來．

哭的俺一腔血．

作淚零．

中軍（叫介）大小三軍上前看來．——咱們元帥哭出血淚來了．

眾將（上）（看介）果然都是血淚．（俱跪介）

淨　嘗言「養軍千日用軍一時」俺們不替朝廷出力．竟是一夥禽獸了．

副淨　俺們貪生怕死叫元帥如此難為．那皇天也不祐的．

丑　百歲無常誰能免的．一死只要死到一箇是處罷罷罷．今日捨著狗命．要替

中軍　元帥守住這座揚州城．

史（大笑介）好好誰敢再有二心．俺便捆送轅門．聽元帥千殺萬剮．

中軍　果然如此．——本帥便要拜謝了．（拜介）

史（扶住介）不敢不敢．

史　眾位請起聽俺號令．

眾（起介）

史 （盼咐介）你們三千人馬一千迎敵，一千內守，一千外巡。

眾 是。

史 上陣不利守城。

眾 是。

史 守城不利巷戰。

眾 是。

史 巷戰不利短接。

眾 是。

史 短接不利自盡。

眾 是。

史 你們知道——從來降將無伸膝之日，逃兵無回顙之時，（指介）那不良之念再莫橫胸，無恥之言再休掛口，纔是俺史閣部結識的好漢哩。

眾 是。

史 既然應允本帥也不消再囑，（指介）大家歡呼三聲，各回汛地去罷。

眾 （吶喊三聲下）

史 （鼓掌三笑）妙妙守住這座揚州城，便是北門鎖鑰了。

二〇四

不怕煙塵四面生．
江頭尚有亞夫營．
模黏老眼深更淚．
賺出淮南十萬兵．

三月桃花四月葉．

第三十六齣　逃難

（註一）南疆繹史史可法傳云『……左良玉發兵犯闕．南都戒嚴．福王手書召可法督諸軍渡江入援．可法言北勢日迫．請諸鎮兵迎敵親往諭良玉．要與俱西．不可詔且切責于是合諸軍倍道入抵浦口．將入朝面陳士英等懼揚言可法且爲內應遂弗許時清兵已入亳州．下天長投將侯方巖全軍敗沒盱眙降徐泗飛書告急復召可法還揚撥泗亟渡江晝夜兼行及抵泗守將李遇春已舉城叛可法退保揚州俄報徐州破降將李成棟引兵而南攻揚州新城可法方在舊城急檄防河諸鎮赴援總兵李栖鳳張天祿皆不應尋拔營叛惟左都督劉肇基副總兵乙邦才莊子固與樓挺等各引所部至可法乃率揚州知府任民育……等晝夜分兵陣嚴守……』本齣所演即此時事．

（註二）揚州陷於四月二十五日．此云廿四日誓師．時日微誤又清兵陷淮泗在十五日以前．前文云『本月二十一日北兵入淮境』亦微誤．

已報北兵屯六合。
宮車塞上行。
塞馬江東獵。
桃葉沒桃根。
殘英委白門。
相逢冶城下。
猶有六朝魂。
顧亭林桃葉。

時間　明崇禎十八年乙酉五月十日。

地點　一、長江沿岸
　　　二、南京秦淮河媚香樓

人物　弘光帝——小生
　　　二監——雜。
　　　二宮女——雜。
　　　馬士英——淨。
　　　馬士英姬妾——老旦、小旦。

弘光帝（便服騎馬二監二宮女挑鐙引上）
聽三更漏催．

布景　長江沿岸．

備用物　宮燈二馬鞭車輛木棍行囊擔挑行李紗帽鬚髻．

亂民———雜．

阮大鋮——副淨．

亂民———雜．

楊文聽——末．

從人二——雜．

寇白門——小旦．

鄭妥娘——丑．

沈公憲——外．

張燕筑——淨．

藍瑛———小生．

李香君——旦．

蘇崑生——淨．

聽三更漏催．

馬蹄輕快．

風吹蠟淚宮門外．

咱家弘光皇帝只因左兵東犯．移鎮堵截．誰知河北人馬乘虛渡淮．目下圍住揚州．史可法連夜告急．人皇皇都無守志．那馬士英阮大鋮躱的有影無蹤．看來這中興寶位也坐不穩了．千計萬計走爲上計．方纔騎馬出宮．卽發兵符一道賺開城門．但能走出南京便有藏身之所了．

趁天街寂靜．

趁天街寂靜．

飛下鳳凰臺．

難撇鴛鴦債．

（喚介）嬪妃們走動著．不要失散了．

似明駝出塞．

似明駝出塞．

琵琶在懷．

珍珠偷灑——（香柳娘）

馬士英（騎馬急上）

（急下）

報長江鎖開．

報長江鎖開．

石頭將壞．

高官賤賣沒人買．

下官馬士英五更進朝纔知聖上潛逃俺為臣的也只得偷溜了．

快微服蛋度．

快微服蛋度．

走出雞鵝街．

隄防儸人害．

（倒指介）那一隊嬌嬈十車細軟便是俺的薄薄官囊不要叫儸家搶奪了去（

（喚介）快快走動．

姬妾（騎馬夫役推車數輛上）來了來了．

馬　好好——

要隨身緊帶．

要隨身緊帶．

殉棺貨財．

貼皮恩愛——（香柳娘）

（繞場行介）

亂民數人（持棒上）（喝介）你是奸臣馬士英——弄的民窮財盡今日馱著婦女裝著財帛要往那裏跑．早早留下．（打馬倒地剝衣搶婦女財帛下）

阮大鋮（騎馬上）

戀防江美差．

戀防江美差．

殺來誰代．

兵符擲向空江瀨.

馬　今日可用著俺的跑了.但不知貴陽相公還是跑還是降.（作遇馬絆馬足介）

阮　（哼介）跑不得了家眷行囊俱被亂民搶去還把學生打倒在地.

阮　正是晚生的家眷行囊都在後面.不要也被搶去.

馬　呵呀你是貴陽老師相為何臥倒在地.

積得些金帛.

受千人笑罵.

受千人笑罵.

娶了些嬌艾.

待俺回去迎迎.

亂民　（持棒擁婦女攔行囊上）這是阮大鋮家的家私——方纔搶來.大家分開罷.

阮　（唱介）好大膽的奴才怎敢搶截我阮老爺的家私.

亂民　你就是阮大鋮麼來的正好——（一棒打倒剝衣介）饒他狗命.且到鷄

馬　鵝巷褲子襠燒他房子去.（俱下）

腰都打壞了爬不起來了.

阮　晚生的臂膊捶傷.也奉陪在此.

合　歎十分狼狽.

歎十分狼狽.

村拳共揎.

雞肋同壤.——

（香柳娘）

楊文驄（冠帶騎馬從人挑行李上）下官楊文驄——新陞蘇淞巡撫.今日五月初十出行吉日.束裝起馬一應書畫古玩暫寄媚香樓托了藍田叔隨後帶來.俺這一肩行李倒也爽快.

從人（稟介）請老爺趲行一步.

楊　爲何

從人　街上紛紛傳說——北信緊急皇帝宰相今夜都走了.

楊　有這等事快快出城（急走介）（馬驚不前介）這也奇了.爲何馬驚不

從人　走（喚介）左右看來.

馬阮（看介）地下兩箇死人.

馬阮（呻吟介）哎喲哎喲救人.救人.

楊　　還不曾死看是何人．

從人（細認介）好像馬阮二位老爺．

楊（喝介）胡說那有此事（勒馬看驚介）呵呀．竟是他二位（下馬拉介）了不得．

馬　　怎麼到這般田地．

阮　　被些亂民搶劫一空僅留性命．

楊　　我來救取不料也遭此難．

馬　　護送的家丁都在何處．

楊　　想也乘機拐騙四散逃走了．

楊（喚介）左右快快扶起取出衣服與二位老爺穿好．

從人（與馬阮穿衣介）

楊　　幸有閑馬一匹二位疊騎連忙出城罷．

從人（扶馬阮上馬摻腰行介）請了．

　　　無衣共凍眞師友．

　　　有馬同騎好弟兄（註一）

馬阮（下）

從人　　老爺不可與他同行怕遇著讎人累及我們

楊　　是是（望介）你看一夥亂民遠遠趕來．我們早些躱過（作避路旁介）

寇白門鄭妥娘（披髮走上）

楊　　正清歌滿臺．

　　　正清歌滿臺．

　　　水裙風帶．

　　　三更未歇輕盈態．

（見楊介）你是楊老爺爲何在此．

楊（認介）原來是寇白門鄭妥娘你姊妹二人怎的出來了．

寇　　哩．

　　　正在歌臺舞殿忽然酒罷鐙昏內監宮妃紛紛亂跑我們不出來還等什麼

楊　　爲何不見李香君．

鄭　　俺三箇一同出來的他脚小走不動僱了箇轎子擡他先走了

楊（問介）果然朝廷出去了麼

寇　　沈公憲張燕筑都在後邊他們曉得眞信．

沈公憲（披衣抱鼓板上）

二一四

張燕筑（科頭提紗帽鬚髯跑上）

笑臨春結綺．

笑臨春結綺．

擒虎馬嘶來．

排著管絃待．

（見楊介）久違楊老爺了．

楊（問介）　為何這般慌張．

沈　老爺還不知麼——北兵殺過江來．皇帝夜間偷走了．

楊　你們要向那裏去．

張　各人回家�ᤠᤠ趁早逃生．

鄭　俺們是不怕的回到院中預備接客．

楊　此等時候還想接客．

鄭　老爺不曉的——兵馬營裏纏好掙錢哩．

這筐歌另賣．

這筐歌另賣．

隋宮柳衰．

吳宮花敗．——（香柳娘）

沈張寇鄭（俱下）

楊　他們親眼看見聖上出宮．這光景不妥了．快到媚香樓．收拾行李．趁早回鄉

罷．（行介）

幕閉

看逃亡滿街．

看逃亡滿街．

失迷君宰．

百忙難出江關外．

（作到介）幕開

布景　媚香樓．

備用物　鼓板包裹．

這是李家院門．（下馬急敲門介）開門．開門．

藍瑛（急上）又是那箇叫門（開門見介）楊老爺爲何轉來．

楊　北信緊急．君臣逃散．那蘇淞巡撫也做不成了．

楊　整琴書襆被．

楊　整琴書襆被．

楊　換布韤青鞋．

藍　一隻扁舟載．

香（上見楊介）楊老爺萬福．

藍　原來如此．方纔香君回家．也說朝廷偷走．（喚介）香君快來。

楊　多日不見．今朝匆匆一敍．就要遠別了．

香　要向那廂去．

楊　竟回徹鄉貴陽去也．（註二）

香（掩淚介）侯郎獄中未出．老爺又要還鄉．撇奴孤身誰人照看．

楊　如此大亂父子亦不相顧的．

香　這情形緊迫．

香　這情形緊迫．

楊　各人自裁．

誰能攜帶。——（香柳娘）

蘇崑生（急上）　將軍不惜命。

　　　　　皇帝已無家。

我蘇崑生自湖廣回京。誰知遇此大亂。且到院中打聽侯公子信息。再作商量。

俺匆匆轉來。

俺匆匆轉來。

故人何在。

旌旗滿眼乾坤改。

楊　　　來此已是。不免竟入（見介）好呀楊老爺在此。香君也出來了侯相公怎的

　　　　　不見。

香　　　侯兄不曾出獄來。

蘇　　　師父從何處來的。

　　　　　俺爲救侯郎遠赴武昌不料寧南暴卒俺連夜回京忽聞亂信急忙尋到獄

　　　　　門只見封鎖俱開。

衆囚徒四散。

二二八

眾囚徒四散．

三面網全開．

誰將秀才害．

香　（哭介）師父快快替俺尋來．

楊　（指介）

望煙塵一派．

望煙塵一派．

拋妻棄孩．

團圓難再．

（向香介）好好好．有你師父作伴下官便要出京了．（喚介）藍田老收拾行李

藍

同俺一路去罷．

小弟家在杭州怎能陪你遠去

既是這等待俺換上行衣就此作別便了．（換衣作別介）

楊

萬里如魂返

三年似夢遊

（作騎馬雜挑行李隨下．）

香　（哭介）楊老爺竟自去了只有師父．知俺心事前日累你千山萬水．尋到侯郎不想
奴家進宮侯郎入獄兩不見面今日奴家離宮侯郎出獄又不見面還求師
父可憐領著奴家各處找尋則箇

蘇　侯郎不在院中自然出城去了那裏找尋．

香　定要找尋的．

藍　便天涯海崖．

便天涯海崖．

十洲方外．

鐵鞋踏破三千界．
　　只要尋著侯郎俺纏住脚也．
　　西北一帶俱是兵馬料他不能渡江若要找尋．除非東南山路．
　　就去何妨．

望荒山野道．

望荒山野道．

望荒山野道．

二二〇

蘇　山境似天臺.

三生舊緣在.

蘇　你旣一心要尋侯郎.我老漢也要避亂.索性領你前往.只不知路向那走.

藍　（指介）那城東棲霞山中人跡罕到.大錦衣張瑤星先生棄職修仙.俺正要拜訪爲

師.何不作伴同行.或者姻緣湊巧.亦未可知

蘇　妙妙.大家收拾包裹一齊出城便了.

（各背包裹行介）

香　捨煙花舊寨.

蘇　捨煙花舊寨.

藍　捨煙花舊寨.

香　情根愛胎.

何時消敗.——

（香柳娘）

香　前面是城門了.怕有人盤詰.

藍　快快趁空走出去罷.

香　奴家腳痛也說不得了.

行路難時淚滿腮.

蘇飄蓬斷梗出城來．
藍桃源洞裏無征戰．
香可有蓮華並蒂開．

（註一）馬阮後皆入浙依方國安王之仁敗壞浙局．此文從省．
（註二）楊文聰仍赴蘇松巡撫任與清兵相持敗後走蘇州清使黃家鼎往蘇招降．文聰殺之．走處州唐王立拜兵部右侍郎提督軍務圖復南京．明年（丙戌）七月撥衢州敗被禽不屈死事．詳明史本傳桃花扇頗獎借龍友乃不錄其死節事．而誣以棄官潛逃不可解．

第三十七齣　刼寶（註一）

好似波斯樣．
職貢朝天．
思將奇貨擎雙掌．
　　——本詞

時間　明崇禎十八年乙酉五月．
地點　安徽蕪湖．
人物　黃得功——末．

黃得功（戎裝田雄隨上）

目斷長江奔放．
英雄萬里愁長．
何時歡飲中軍帳．
把弓矢付兒郎．
（西地錦）

俺黃得功——坂磯一戰嚇的左良玉膽喪身亡．賸他兒子左夢庚據住九江．

田雄——副淨．
報卒——雜．
弘光帝——小生．
太監韓贊周——丑．
軍卒——雜．
劉良佐——淨．
劉澤淸——丑．

布景·
　轅門．

備用物　塘報鞭鈴馬鞭雙鐵鞭巡夜梆鈴弓矢包裹雨傘劍．

烏合未散．俺且駐紮燕湖．防其北犯．

報報報北兵連夜渡淮．圍住揚州．南京震恐．百姓奔逃了．

黃　那鳳淮兩鎮現在江北．怎不迎敵．

報卒　聞得兩位劉將軍也到上江堵截左兵．鳳淮一帶．千里空營．

黃（驚介）這怎麼處（嗅介）田雄．你是俺心腹之將．快領人馬去保南京．

司馬威權．

夜發兵符．

調鎮移防．

誰知他拆東補西．

露肘捉襟．

明棄淮揚．

金湯．

九曲天險．

只用蓮舟蕩漾．

起煙塵金陵氣暗．

怎救宮牆──（降黃龍）

（下）

弘光帝（騎馬太監韓贊周隨上）

堪傷──

寂寞魚龍．

潛泣江頭．

乞食村莊．

這炎天赤日．

瘦馬獨行．

何處納涼．

寡人逃出南京晝夜奔走宮監嬪妃漸漸失散只有太監韓贊周跟俺前來．

昨日尋著魏國公徐弘基──他佯爲不識逐俺出府今日又早來到蕪湖（指介）那前面軍營乃黃得功駐防之所不知他肯容留寡人否

奔忙．

寄人廊廡．

只望他容留收養．

（作下馬介）此是黃得功轅門．（喚介）韓贊周．快快傳他知道．

韓（叩門介）門上有人麼．

軍卒（上）是那裏來的．

韓　南京來的．（拉一邊悄悄說介）萬歲爺駕到了．傳你將軍速出迎接．

軍卒　啐．萬歲爺怎能到的這裏．不要走來嚇俺罷．

弘光　你喚出黃得功來．便知真假．

浦江邊迎鑾護駕：

舊將中郎——　（換頭降黃龍）

軍卒（咬指介）人物不同口氣又大．是不是替他傳一聲．（忙入傳介）

黃（慌上）那有這事待俺認來．（見介）

弘光　黃將軍一向好麼．

黃（認忙跪上）萬歲萬萬歲．請入帳中容臣朝見．

韓（扶弘光升帳坐黃拜介）

戎衣拜吾皇．
戎衣拜吾皇．
又把天顏仰．
為甚私巡．
蕭條鞍馬蒙塵狀．
失水神龍．
風雲飄蕩．
這都是臣等之罪．

覓國恩．
一班相一班將．——（衰逼）

弘光　事到今日後悔無及只望你保護朕躬．

黃（拍地哭奏介）皇上深居宮中臣好勠力效命今日下殿而走大權已失叫臣進
不能戰退不能守十分事業已去九分矣．

弘光　不必著急，寡人只要苟全性命，那黃帝一席，也不願再做了。

黃　呵呀！天下者祖宗之天下，聖上如何棄的。

弘光　棄與不棄，只在將軍了。

黃　微臣鞠躬盡瘁死而已。

弘光　（拖淚介）不料將軍倒是一箇忠臣。

黃　（跪奏介）聖上鞍馬勞頓，早到後帳安歇，軍國大事明日請旨罷。

韓　（引弘光入介）

黃　了不得了不得，明朝三百年國運，爭此一時，十五省皇圖歸此片土，這是天大的干係，叫俺如何擔承（吩咐介）大小三軍馬休解轡，人休解甲，搖鈴擊梆在意小心著。

衆　（應介）

黃　（喚介）田雄，我與你是宿衞之官，就在這行宮門外，同臥支更罷。

黃　（枕田股執雙鞭臥介）

雜　（搖鈴擊梆報更介）

田　（悄語介）元帥俺看這位皇帝，不像享福之器，況北兵過江，人人投順，元帥也要看風行船纔好。

二三八

黃　說那裏話．常言孝當竭力．忠則盡命．為人臣子．豈可懷挾二心．

內　（傳鼓介）

黃　（驚介）為何傳鼓．

　　（俱起坐介）

雜　（上報介）報元帥．有一隊人馬．從東北下來．說是兩鎮劉老爺要會元帥商議軍情．

黃　（起介）好好好三鎮會齊可以保駕無虞了待俺看來．（望介）

劉良佐劉澤清　（騎馬領衆上）（叫介）黃大哥在那裏

黃　（喜介）（應介）愚兄在此拱候多時了．

佐清　（下馬介）哥哥得了寶貝覺瞞著兩個兄弟麼．

黃　什麼寶貝

清　弘光呀．

黃　（搖手介）不要高聲聖上安歇了．

佐　（悄問介）今夜還不獻寶等到幾時哩．

黃　獻什麼寶

清　把弘光送與北朝賞咱們箇大大王爵豈不是獻寶麼．

黃　（唱介）唗你們兩箇要來幹這勾當我黃闖子怎麼容得（註二）（持雙鞭打介）

黃（喊介）好反賊好反賊．

望風便生降．
望風便生降．
好似波斯樣．
職貢朝天．
思將奇貨擎雙掌．
倒戈卻君．
爭功邀賞．
頓喪心．
全反面．
真賊黨．——（衰遍）

佐　不要破口好好兄弟何爲廝鬧．

黃　啐你這狗才連君父都不識我和你認什麼兄弟．

（又戰介）

田（在後指介）好箇笨牛．到這箇時候還不見機．（拉弓搭箭介）俺田雄替你解圍罷．（

放箭射黃腿）

黃（倒地介）

佐清（大笑介）

田（入內急背出弘光介）

弘光（叫介）韓贊周快快跟來．

內（不應介）

弘光　　這奴才竟捨我而去．（手打田臉介）你背俺到何處去．

田　　到北京去

弘光（狠咬田肩介）

田（忍痛介）咬喲咬殺我也．（丟弘光於地向佐清拱介）皇帝一枚奉送．

佐清（拱介）領謝領謝．（齊拉弘光袖急走介）

黃（抱住弘光腿叫介）田雄田雄快來奪駕．

田（作拉放手介）

佐清（竟拉弘光下）

黃　（作爬不起介）怎麼起不來的。

田　元帥中箭了。

黃　那箇射俺的。

田　是我們放箭射賊誤傷了元帥。

黃　瞎眼的狗才．我且問你為何背出聖駕來．

田　俺要護駕逃走的．不料被他搶去．

黃　你與我快快趕上．

田　（怒介）不勞元帥吩咐——俺是一名長解子．收拾包裹自然護送到京的．（背包裹雨傘急趨下）

黃　（笑介）呵呀這夥沒良心的反賊俺也不及殺你了．（註三）（哭介）蒼天．蒼天怎知明朝天下送在俺黃得功之手

笑斷江東父老腸——（尾聲）

拉不住黃袍北上．

平生驍勇無人擋．

罷罷罷除却一死無可報國．（拔劍大叫介）大小三軍——都來看斷頭將

二三六

軍呀．（一劍刻死介）

（註一）南疆繹史黃得功傳云：『……得功方牧兵（獲港破左軍後）屯燕湖．福王驚然入其
營．得功大駭失色泣曰：「陛下死守京城．臣等猶可盡力．奈何聽奸臣言．倉卒至此．且臣方對敵．
安能扈駕」王亦泣曰：「非卿則誰可仗者」得功泣曰：「無已效死」先得功戰獲港時．傷
臂幾墜衣以帛絡臂．佩刀坐小舟督廳下八總兵結束迎敵．而劉良佐已隨命大呼岸上招之
降．得功怒吼曰：「汝其降乎」忽叛將張天祿從良佐後抽矢射中喉偏左．得功知不可為．擲刀
拾所拔箭自刺其喉而死．……田雄遂扶福王以降』據此則射黃靖南者乃張天祿．本書歸諸
田雄殆深惡之而甚其惡耳

（註二）明史黃得功傳云：『得功每戰．飲酒數斗．酒酣氣益屬．喜持鐵鞭戰．鞭濺血沾手腕．以水
濯之久乃自脫軍中呼為「黃闖子」……』

（註三）福王以五月初九出奔初十薄暮至得功營．得功死節．田雄挾降．在廿一日．前後凡經十
二日本齣演為兩日事．乃劇場從省略耳．非當時事實．

第三十八齣　沈江（註一）

再來廣陵城．
月明弔溝壑．
嗚呼相公賢．
汗青照鑒鑒．

用兵武侯短．

信國如可作．

　　—哀史公可法．

四憶堂詩集

時間　明崇禎十八年乙酉五月．

地點　江蘇揚州．

人物　史可法—外．

　　老贊禮—副末．

　　柳敬亭—丑．

　　侯朝宗—生．

　　陳貞慧—末．

　　吳應箕—小生．

布景　長江沿岸．

備用物　柳鞭包裹帽袍靴包裹三．

史可法（氈笠急上回頭望介）

望烽煙—

殺氣重.

揚州沸喧.

生靈盡席捲.

這屠戮——

皆因我愚忠不轉.

兵和將.

力竭氣喘.

只落了一堆屍軟.

俺史可法率三千子弟死守揚州那知力盡糧絕外援不至．北兵今夜攻破北城俺已滿拚自盡忽然想起明朝三百年社稷只靠俺一身撐持豈可效無益之死捨孤立之君故此縋下南城直奔儀眞幸遇一隻報船渡過江來（指介）那城闕隱隱便是南京了．可恨老腿酸軟不能走動如何是好（驚介）呀——）何處走來這匹白驟待俺騎上沿江跑去便了（騎驟折柳作鞭介）

跨上白驟驏.

空江野路．

哭聲動九原．

日近長安遠．

加鞭．

雲裏指宮殿—— （錦纏道）

老贊禮（背包裹跑上）

　　殘年還避亂．

　　落日更思家．

史（撞倒贊介）

贊　呵唷唷幾乎滾下江去．（看史介）你這位老將爺好沒眼色．

史（下驟扶起介）得罪得罪俺且問你從那裏來的．

贊　南京來的．

史　南京光景如何．

贊　你還不知麼——皇帝老子逃去兩三日了．目下北兵過江滿城大亂．城門都關的．

史（驚介）呵呀．這等去也無益矣．（大哭介）皇天后土．二祖列宗．怎的半邊江山也

贊 不能保住呀．

史（驚介）聽他哭聲．倒像是史閣部．（問介）你是史老爺麼．

贊 下官便是你如何認得

史（認介）小人是太常寺一箇老贊禮——曾在太平門外伺候過老爺的．

贊 是呀那日慟哭先帝便是老兄了．

史 不敢請問老爺爲何這般狼狽．

贊 今夜揚州失陷．纔從城頭縋下來的．

史 要向那裏去．

贊 原要南京保駕．不想聖上也走了．（頓足哭介）

（登高望介）

歸無路進又難前．
叫天呼地千百遍．
丟下俺無家犬．
撇下俺斷篷船．

那滾滾雪浪拍天．

流不盡湘纍怨．

（指介）有了．有了．那便是俺葬身之地．

勝黃土——

一丈江魚腹寬展．

（看身介）俺史可法亡國罪臣那容的冠裳而去．（摘帽脫袍靴介）

摘脫下袍靴冠冕．

史

我看老爺竟像要尋死的模樣（拉住介）老爺三思不可短見呀．

你看茫茫世界留着俺史可法何處安放

贊

累死英雄．

到此日看江山換主．

無可留戀——

（普天樂）

（跳入江翻滾下）

贊

（呆望良久抱靴帽袍服哭叫介）史老爺呀．史老爺呀．好一箇盡節忠臣若不遇

二三八

著小人．誰知你投江而死呀（大哭介）

柳敬亭（攜侯朝宗忙上）

偷生辭獄吏．

避亂走天涯．

陳貞慧吳應箕（攜手忙上）

今年傍那家．

日日爭門戶．

侯　（呼介）定兄次兄日色將晚．快些走動．

柳　　來哉．

陳吳　我們出獄．不覺數日．東藏西躲．終無棲身之地．前面是龍潭江岸．大家商量．

陳　　分路逃生罷．

贊　　是是（見贊禮介）你這位老兄．爲何在此慟哭．

陳　　俺也是走路的．適纔撞見史閣部老爺投江而死由不的傷心哭他幾聲．

侯　　史閣部怎得到此．

贊　　今夜揚州城陷逃到此間．聞的皇帝已走．跺了跺脚跳下江去了．

侯　　那有此事．

贊　（指介）這不是脫下的衣服靴帽麼．

柳　（看介）你看衣裳裏面渾身硃印．

侯　待俺看來．（讀介）「欽命總督江北等處兵馬內閣大學士兼兵部尙書印」（驚哭介）果然是史老先生（註二）

陳　設上衣冠大家哭拜一番．

贊　（設衣冠介）

衆　（拜哭介）

合　走江邊．
　　滿腔憤恨向誰言．
　　揮老淚寒風吹面．
　　孤城一片．
　　望救目穿．
　　使盡殘兵血戰．
　　跳出重圍．

故國苦戀．

誰知歌罷臙脂空鋋．

長江一線．

吳頭楚尾路三千．

盡歸別姓．

雨翻雲變．

寒濤東捲．

萬事付空煙．

精魂顯．

大招聲逐海天遠──

（古輪臺）

侯（拍衣冠大哭介）

柳　閣部盡節成了一代忠臣相公不必過哀大家分手罷．

侯（指介）你看一望煙塵叫小生從那裏歸去．

陳　我兩人遠道前來只爲送兄過江今旣不能北上何不隨俺南行．

侯　這紛紛亂世．怎能終始相依．倒是各人自便罷．

吳　侯兄主意若何．

侯　我和敬亭商議．要尋一深山古寺暫避數日．再圖歸計．

贊　我老漢正要向棲霞山去．那邊地方幽僻．儘可避兵．何不同往．

侯　這等極妙了．

陳　侯兄既有棲身之所．我們就此作別罷．（拜別介）

吳　傷心當此日．

侯　會面是何年．

陳吳（掩淚下）

侯（問贊介）你到棲霞山中．有何公幹．

贊　不瞞相公說．俺是太常寺一箇老贊禮．只因太平門外哭奠先帝之日．那些文武百官盧應故事．我老漢動了一番氣惱——當時約些村中父老捐施錢糧．趕著這七月十五日．要替崇禎皇帝建一箇水陸道場．不料南京大亂．

柳　好事好事．好事難行．因此攜著錢糧．要到棲霞山上虔請高僧了此心願．

侯　就求攜帶同行便了．

贊

待我收拾起這衣冠靴帽著．

柳

這衣冠靴帽你要送到何處去．

贊

我想揚州梅花嶺是他老人家點兵之所．待大兵退後．俺去招魂埋葬．便有

侯

史閣部千秋佳城了．

贊

如此義舉更爲難得．

（背袍靴等侯柳隨行介）

山雲變．

江岸遷．

一霎時忠魂不見．

寒食何人知墓田——

贊千古南朝作話傳．

柳傷心血淚灑山川．

侯仰天讀罷招魂賦．

贊揚子江頭亂暝煙．

（餘文）

（註一）史閣部死節實况．當時傳聞異辭．明史本傳云「……（四月）二十日．大清兵大至也

第三十九齣　棲眞

班竹園。明日總兵李棲鳳監軍副使高岐鳳拔營出降城中勢益單諸文武分兵拒守舊城西門

陰要可法自守之作書寄母妻且曰「死葬我高皇帝陵側」越二日大淸兵薄城下砲擊城西

北隅城遂破可法自剄不殊一參將擁可法出小東門遂被執可法大呼曰「我史督師也」逐

殺之。……覓其遺骸天暑衆屍蒸變不可辨識踰年家人舉袍笏招魂葬於揚州郭外之梅花嶺

其後四方弄兵者多假其名號以行故時謂可法不死云……」明史館諸賢對於此等大事採

訪考證頗極愼重所紀載當可信本書所演「乘白驟」「沈江」諸情節當時本有此訛傳李

瑤南疆繹史對本已博徵諸家所記以辨之矣揚州破於四月二十五日史公即以其日遇害（

或言被函經三日）福王之逃在五月初九日此皆時日彰彰鑿鑿絕無疑竇者若如本齣所演

「今夜揚州失陷總從城頭縋下來」……「原要南京保駕不想聖上也走了」則事隔十三

日（四月小）何從牽合無稽甚矣亭著書在康熙中葉不應於此等大節目尙未考定其所

採用俗說者不過爲老贊禮出場點染地耳但旣作歷史劇此種與歷史事實太違反之紀載終

不可爲訓。

莊二）四憶堂詩哀史公可法云:「……相公控維揚破竹傷大掠三鼓士不進崩角何顜躍自

知事已去下拜意寬綽起與書生言「我受國恩廓死此分所安惜不見衞霍于去觀司徒幸爲

寄然諾白首謝知已寸心庶無怍」……」買開宗注云:「公守維揚侯子避難在幕公語之曰

「……可法任僉將相當死子書生也當去」……」據此則揚州垂破時侯朝宗尙在史幕大

約自高傑死後朝宗與史公相依頗久本書於其間絯入獄訪棲諸節皆非事實

白雲專巨壑.

綠樹纍千谷.

不識靈巖路.

行行轉欲迷.

張瑤星玉氣劍光集.

山中聞鶯.

時間　明崇禎十八年乙酉六月.

地點　南京棲霞山葆眞菴.

人物

　　蘇崑生——淨.

　　李香君——旦.

　　卞玉京——老旦.

　　老贊禮——副末.

　　柳敬亭——丑.

　　侯朝宗——生.

　　丁繼之——副淨.

布景

　　山景場中掛葆眞菴扁.

備用物　草鞋草笠樵斧擔繩繡旛包裹藥籃．

蘇崑生（同李香君上）

香　一絲幽恨嵌心縫．
山高水遠會相逢．
挈住情根死不鬆．
賺他也做游仙夢．
看這萬疊雲白罩青松．
原是俺天臺洞——　（醉扶歸）

（喚介）師父我們幸虧藍田叔領到棲霞山來——無意之中敲門尋宿偏撞著
卞玉京——做了這葆眞菴主留俺暫住這也是天緣奇遇只是侯郎不見．
妾身無歸還求師父上心尋覓．
不要性急你看煙塵滿地何處尋覓且待菴主出來商量箇常住之法．

蘇

卞玉京（道妝上）

何處瑤天笙弄．

二四六

聽雲鶴縹緲.

玉佩玎珰.

花月姻緣半生空.

幾乎又把桃花種.

香

蘇

卜

（見介）草菴淡薄屈尊二位了.

多謝收留感激不盡.

正有一言奉告江北兵荒馬亂急切不敢前行.我老漢的吹歌.山中又無用

處連日攪擾甚覺不安.

說那裏話

舊人重到.

蓬山路通.

前緣不斷.

巫峽恨濃.

連牀且話襄王夢.——

（皁羅袍）

蘇　我蘇崑生有箇活計在此──（換鞋、笠取斧擔繩索介）趁這天晴、俺要
　　到嶺頭澗底取些松柴供早晚炊飯之用、不強如坐喫山空廮、

卞　這倒不敢動勞、

蘇　大家度日、怎好偷閒、（挑擔介）
　　腳下山雲冷、
　　肩頭野草香、

（下）

卞　（閉門介）

香　奴家閒坐無聊、何不尋些舊衣殘裳付俺縫補以消長夏、
　　正有一事借重──這中元節村中男女許到白雲菴與皇后周娘娘懸掛

卞　寶旛、就求妙手替他成造、也是十分功德哩、

香　這樣好事情願助力、

卞　（取出旛料介）
　　待奴薰香洗手虔誠縫製起來、（作洗手縫旛介）

香　念奴前身業重、
　　綁十指箏絃簫孔、

慵線嬾針．

幾曾作女紅．

香

下　香姐心靈手巧——一捻針線就是不同的．

　　奴家那曉針線憑著一點虔心罷了．

仙爐捧．

懺悔盡教指頭腫．

繡出鴛鴦別樣工．——（好姐姐）

（共繡介）

老贊禮柳敬亭背行李領侯朝宗上

侯　避了干戈橫縱．

　　聽颼颼一路．

澗水松風．

雲鎖樓霞兩三峯．

江深五月寒風送．

贊　這是樓霞山了．你們尋所道院．趁早安歇罷．

侯　這是一座葆眞菴何不敲門一問．

贊　仙家那曉浮生慟．———

　　　　　　　　（皁羅袍）

急呼道童．

鹿柴鶴徑．

忙尋鍊翁．

石牆蘿戶．

贊（敲門介）

卜（起門介）那箇敲門．

贊　俺是南京來的．要借貴菴暫安行李．

　　這裏是女道住持從不留客的．

卜　你看石牆四聳．

　　盡掩了重門無縫．

　　修眞女冠．

怕遭俗客闚．

柳　我們不比遊方僧道暫住何妨．

卜　真經諷

卜　謹把祖師清規奉．

香　處女閨閣一樣同——（好姐姐）

卜　說的有理此不得在青樓之日了．這是俺修行本等不必睬他且去香廚用齋罷．

　　（同下）

贊　（又敲門介）

侯　他既謹守清規我們也不必苦纏了．

贊　前面菴觀尚多待我再去訪問．

　　（行介）幕閉

丁繼之（道裝提藥籃上）

　　探藥深山古洞．

　　任芒鞋竹杖．

踏徧芳叢．

落照蒼涼樹玲瓏．

林中箏蕨充清供．

贊　（喜介）那邊一位道人來了．待我上前問他．（拱介）老仙長．我們上山來做好事

的．要借道院暫安行李．敢求方便一二．

丁　（認介）這位相公——好像河南侯公子

柳　不是侯公子是那箇

丁　（又認介）老兄可是柳敬亭麽．

柳　便是．

侯　（認介）呵呀丁繼老——你爲何出了家也．

丁　侯相公你不知麽．

俺善才遲暮．

羞入舊宮．

龜年疏嬾．

難隨妙工．

辭家竟把仙籙誦。——（卓羅袍）

侯　原來因此出家。

丁　請問主持何山。

柳　前面不遠有一座朵眞觀。便是俺修煉之所。不嫌荒僻就請暫住何如。

侯　甚好。

丁　二位遇著故人。已有棲身之地。俺要上白雲菴。商量醮事去了。

贊　多謝攜帶。

侯　彼此。

贊　（別介）人間滄瀛海。

侯　天上禮仙壇。

丁　（下）

丁　（攜侯柳行介）

　　雪洞風來雲堂雨落。

　　跨過白泉又登紫閣。

（幕開）

　　布景　一道溪水對岸山上有菴——掛朵眞菴扁。

備用物　船篙．桃花扇．

侯　（驚介）前面一道溪水隔斷南山．如何過去

丁　不妨靠岸有隻漁船俺且坐船閒話．等箇漁翁到來．央他撐去．不上半里便是采眞觀了．

（同上船坐介）

柳　我老柳少時．在泰州北灣．專以捕漁爲業．這漁船是弄慣了的．待我撐去罷．

侯　妙妙．

柳　（撐船介）

侯　（向丁介）自從梳攏香君．借重光陪不覺別來便是三載．

丁　正是．且問香君入宮之後．可有消息麼．

侯　那得消息來．（取扇指介）這柄桃花扇還是我們定盟之物．小生時刻在手．

把他桃花扇擁．

又想起靑樓舊夢．

天老地荒．

二五四

此情無盡窮．

分飛猛．

杳杳萬山隔鸞鳳．

美滿良緣半月同．——（好姐姐）

柳　前日皇帝私走嬪妃逃散料想香君也出宮門，且待南京平定，再去尋訪罷．

侯　只怕兵馬趕散未必重逢了．（掩淚介）

丁（指介）那一帶竹籬便是俺的采眞觀就請攏船上岸罷．

柳（挽船同上岸介）

丁（喚介）道僮有遠客到門快搬行李．

內（應介）

丁　請進．（讓入介）

侯　門裏丹臺更不同．

丁　寂寥松下養衰翁．

柳　一灣溪水舟千轉．

侯　跳入蓬壺似夢中．

桃花扇註（下）

二五五

第四十齣　入道

宮樣判詞臣．
明君如賜錦．
無慚孝友人．
顏續文昌句．
遺像有嚴親．
除書無長物．
惟余接膝頻．
張仲長安邸．
　　——杜于皇．
　　贈張錦衣．

時間　明福王二年七月十五日．

地點　南京城外白雲庵．

人物　張薇——外．
　　　蔡益所——丑．

藍田叔——小生.

老贊禮——副末.

村民——雜.

四道士——雜.

史可法鬼——雜.

左良玉鬼——雜.

黃得功鬼——雜.

馬士英鬼——淨.

雷神——雜.

阮大鋮鬼——副**淨**.

山神——雜.

夜叉——雜.

卞玉京——老旦.

李香君——旦.

丁繼之——副淨.

侯朝宗——生.

布景　白雲庵內醮堂．

備用物　瓢冠衲衣拂子．醮壇三．高竿旛榜．香爐三．花瓶二．燭臺六．酒壺．紙錢錠鑼繡旛鼓法衣仙樂器執爐二．金道冠織錦法衣淨水盞松枝．故明思宗烈皇帝神位．故明甲申殉難文臣之位．故明甲申殉難武臣之位．九梁冠補朝衣．金帶朝靴牙笏．酒盞三．華陽巾鶴氅芒鞋．拍木紙錢米漿．銀焰口長香金幞頭．朱袍黃紗帕幡幢細樂金盔甲．紅紗帕紅旗幟鼓吹．銀盔甲黑紗帕黑旗幟鼓吹雷鼓電鏡鐵鍊鋼叉桃花扇道冠道袍女道冠．道帔

張薇（瓢冠衲衣持拂上）

世態紛紜．
半生塵裏朱顏老．
拂衣不早．
看罷傀儡鬧．
慟哭窮途．
又發閻堂笑．

都休了．

玉壺瓊島．

萬古愁人少．——（南點絳脣）

貧道張瑤星掛冠歸山．便住這白雲菴裏修仙有分．涉世無緣．且喜書客蔡益所隨俺出家．又載來五車經史．那山入藍田叔也來飯依替我盡了四壁蓬瀛這荒山之上旣可讀書．又可臥遊．從此飛昇尸解矣．亦不算懵懂神仙矣．只有崇禎先帝深恩未報還是平生一件缺事今乃乙酉年七月十五日廣延道衆大建經壇要與先帝修齋追薦恰好南京一箇老贊禮約些村中父老也來搭醮不免喚出弟子趁早鋪設（喚介）徒弟何在．

不免喚出弟子趁早鋪設．

張　　徒弟何在．（喚介）

齋朝帝座直道在人心（下）

爾等率領道衆照依黃籙科儀早鋪壇場待俺沐浴更衣虔心拜請正是清

蔡藍（道裝上）塵中辟俗客雲裏會仙官（見介）弟子蔡益所藍田叔稽首了（拜介）

蔡藍（鋪設三壇供香花茶果立旛掛榜介）

高築仙壇海日曉．

諸天羣靈俱到．

列星眾宿來朝．

旛影飄颻

七月中元建醮．——（北醉花陰）

蔡　經壇齋供俱已鋪設整齊了．

藍　（指介）你看山下父老捧酒頂香紛紛來也．

老贊禮（領村民男女頂香捧酒挑紙錢錠鑼繡旛上．）

攜村醪．

紫降黃檀繡帕包．

（指介）

望虛非無玉殿．

帝座非遙

問誰是皇子王孫．

撇下俺村翁鄉老．

（掩淚介）

萬山深處中元節．

擎著紙錢來弔．——（南畫眉序

二六〇

（見介）眾位道長．我們社友俱已齊集了．就請法師老爺．出來巡壇罷．

蔡藍（向內介）鋪設已畢請法師更衣巡壇行灑掃之儀．

（內三鼓介）

四道士（奏仙樂蔡藍換法衣捧香鑪張金道冠法衣擎淨盞執松枝巡壇灑掃介）

合 淨手灑松梢．

清涼露千滴萬點拋．

三轉九迴壇邊繞．

浮塵熱惱全澆．

香燒．

雲蓋飄．

玉座層層百尺高．

響雲璈．

建極寶殿．

改作團瓢——

（北喜遷鶯）

桃花扇註（下）

二六一

張（下）

蔡藍（向內介）灑掃已畢請法師更衣拜壇行朝請之禮。

蔡藍（設牌位正壇設「故明思宗烈皇帝之位」左壇設「故明甲申殉難文臣之位」右壇設「故明甲申殉難武臣之位」）

內（奏細樂介）

張（九梁朝冠鶴補朝服。金帶朝鞋牙笏上）

（跪祝介）伏以星斗增輝快覩蓬萊之現風雷布令遙瞻閶闔之開。恭請故明思宗烈皇帝九天法駕。及甲申殉難文臣東閣大學士范景文戶部尚書倪元璐刑部侍郎孟兆祥協理京營兵部侍郎王家彥左都御史李邦華右副都御史施邦耀大理寺卿凌義渠太僕寺丞申佳胤詹事府庶子周鳳翔諭德馬世奇中允劉理順翰林院檢討汪偉兵科都給事中吳甘來巡視京營御史王章河南道御史陳純德兵部郎中成德吏部員外郎許直主事金鉉武臣新樂侯劉文炳襄城伯李國禎尉馬都尉鞏永固協理京營內監王承恩等伏願彩仗隨車素旗擁駕君臣穆穆指青鳥以來臨文武皇皇乘白雲而至止共聽靈籟同飲仙漿。

內（奏樂。張三獻酒四拜介）

老贊禮村民（隨拜介）

張

列仙曹.

叩請烈皇下碧霄.

捨煤山古樹.

解却宮縧.

且享這椒酒松香.

莫恨那流賊闖盜.

古來誰保千年業.

精靈永留山廟.————（南畫眉序）

張（下）

蔡藍（左右獻酒拜介）

老贊禮村民（隨拜介）

蔡藍 虔誠祝禱.

甲申殉節羣僚.

絕粒刎頸恨難消．

墜井投繩志不撓．

此日君臣同醉飽。——（北出隊子）

蔡藍（奠酒化財送神歸天）

衆（燒紙牌錢錁奠酒畢哀介）

老贊禮　今日纔哭了箇盡情

衆　我們願心已了大家吃齋去。（暫下）

蔡藍（向內介）朝請已畢請法師更衣登壇做施食功德。（設焰口結高壇介）

內（作細樂介）

張（更華陽巾鶴氅執拂子上拜壇畢登壇介）

蔡藍（侍立介）

張（拍案介）

竊惟浩浩沙場．舉目見空中之樓閣．茫茫苦海．回頭登岸上之瀛州．念爾無數國殤．有名敵愾．或戰畿輔．或戰中州．或戰湖南．或戰陝右死於水．死於火．死於刃死於鏃死於跌撲踏踐死於癘疫饑寒咸望滾榛莽之髑體飛風煙之燐火遠投法座遙赴寶山吸一滴之甘泉津含萬劫吞盈掬之玉粒復果

千春（撒米澆漿焚紙鬼搶介．）

沙場裏．

沙場裏．

屍橫蔓草殷血腥．

殷血腥．

白骨漸槁．

可憐風旋雨嘯．

望故鄉無人拜掃．

餓魄饑魂．

來飽這遭──

（南滴溜子）

蔡藍　施食已畢請法師普放神光洞照三界將君臣位業指示羣迷．

張　這甲申殉難君臣久已超昇天界了．

蔡藍　還有今年北去君臣未知如何結果懇求指示．

張　你們兩廊道衆齊心蕭立待我焚香打坐閉目靜觀．

蔡藍（執香低頭侍立介）

張（閉目良久介）（醒向衆介）那北去弘光皇帝及劉良佐劉澤清田雄等．陽數
未終皆無顯驗．

蔡藍（前稟介）還有史閣部左寧南黃靖南這三位死難之臣．未知如何報應．

張　待我看來（閉目介）

史可法鬼（白鬚幞頭朱袍黃紗蒙面幢幡細樂引上．）吾乃督師內閣大學士兵部
尚書史可法今奉上帝之命冊爲太清宮紫虛眞人走馬到任去也．

左良玉鬼（金盔甲紅紗蒙面旗幟鼓吹引上．）俺乃寧南侯左良玉今奉上帝之命．
封爲飛天使者走馬到任去也．（騎馬下）

黃得功鬼（銀盔甲黑紗蒙面旗幟鼓吹引上．）俺乃靖南侯黃得功今奉上帝之命．
封爲遊天使者走馬到任去也．（騎馬下）

張（開目介）善哉善哉方纔夢見閣部史道隣先生冊爲太清宮紫虛眞人寧南侯左崑
山靖南侯黃虎山封爲飛天游天二使者一箇箇走馬到任好榮耀也．

則見他雲中天馬驕．

纔認得一路英豪．

咭叮噹奏著鈞天樂．

又擺些羽葆干旄．

將軍刀．

丞相袍．

掛符牌．

都是九天名號．

好尊榮．

好逍遙．

只有皇天不昧功勞。——（北刮地風）

蔡藍（拱手介）南無天尊南無天尊果然善有善報天理昭彰（前稟介）還有奸臣馬

士英阮大鋮這兩箇如何報應。

張　待俺看來（閉目介）

馬（散髮披衣跑上）我馬士英做了一生歹事那知結果這台州山中。

雷神（趕淨繞場介）

馬（抱頭跑介）饒命饒命.

雷（劈死馬剝衣去介）

阮（冠帶上）好了.好了.我阮大鋮走過這仙霞嶺.便算第一功了.（登高介）

山神夜叉（刺阮下跌死介）（註二）

張（開目介）苦哉苦哉.方纔夢見馬士英擊死台州山中.阮大鋮跌死仙霞嶺上.一箇箇

皮開腦裂好苦惱也.（註二）

明明業鏡忽來照.

天網恢恢飛不了.

抱頭顧由你千山跑.

快雷車偏會找.

鋼叉叉到.

間年來吃人多少腦.

這頂漿兩包.

不轂犬饕.

——（南滴滴金）

二六八

蔡藍（拱手介）南無天尊．南無天尊．果然惡有惡報．天理昭彰．（前稟介）這兩廊道衆．不曾聽得明白．還求法師高聲宣揚一番．

張（舉拂高唱介）

老贊禮衆村民（執香上立聽介）．

張　衆愚民暗室虧心小．

　　到頭來幾曾饒．

　　微功德也有吉祥報．

　　大巡環睜眼瞧．

　　前一番．

　　後一遭．

　　正人邪黨．

　　南朝接北朝．

　　福有因．

　　禍怎逃．

只爭些來遲到早。──（北四門子）

老贊禮衆（叩頭下）

卜玉京（領香君上）天上人間為善最樂方纔同些女道。在周皇后壇前。掛了寶旛。

再到講堂參見法師

李香君　奴家也好閒遊廳。

卜　（指介）你看兩廊道俗不計其數瞧瞧何妨。

卜　（拜壇介）弟子卜玉京稽首了（起同香君一邊立介）

丁　（上）　人生難得大道難聞（拜壇介）弟子丁繼之稽首了。

　　（起喚介）侯相公這是講堂過來隨喜

侯　（急上）來了久厭塵中多苦趣纔知世界有仙緣。

　　（同立一邊介）

張　（拍案介）你們兩廊善衆。要把塵心拋盡纔求得向上機緣若帶一點俗情免不了輪迴千遍

侯　（遮扇看香君驚介）那邊站的是俺香君。如何來到此處。

　　（急上前拉介）

香君（見介）你是侯郎想殺奴也。

二七○

想當日猛然捨抛．

銀河渺渺誰架橋．

牆高更比天際高．

書難捎．

夢空勞．

情無了．

出來路兒越迢遙．

鮮血滿扇開紅桃．

正說法天花落——〔南鮑老催〕

侯　（指扇介）看這扇上桃花叫小生如何報你看

侯香　（同取扇看介）

丁　（拉侯）卜（拉香介）法師在壇．不可只顧訴情了．

侯香　（不理介）

張　（怒拍案介）唗何物兒女敢到此處調情．（忙下壇向侯香手中裂扇擲地介）我這邊

蔡　清淨道場．那容的狡童游女．戲謔混雜．

張　呵呀這是河南侯朝宗相公法師原認得的．

藍　這女子是那箇．

張　弟子認的他是舊院李香君原是侯兄聘妾．

藍　侯相公住在弟子朵眞觀中．

卜　李香君住在弟子葆眞菴中．

張　這是張瑤星先生前日多承超豁．

侯（向張揖介）你是侯世兄幸喜出獄了．俺原爲你出家．你可知道麼．

張　小生那裏曉得．

蔡　貧道蔡益所也是爲你出家．這些緣由．待俺從容告你罷．

藍　貧道是藍田叔特領香君來此尋你．不想果然遇著．

侯　丁卜二師收留之恩蔡藍二師接引之情俺與香君世世圖報．

香君　還有那蘇崑生也隨奴到此．

香君　柳敬亭也陪我前來．

侯　這柳蘇兩位不避患難終始相依．更爲可感．

二七六

侯　待咱夫妻還鄉．都要報答的．

張　你們絮絮叨叨說的俱是那裏話．當此地覆天翻還戀情根慾種豈不可笑

侯　此言差矣．從來男女室家人之大倫離合悲歡情有所鍾先生如何管得

張（怒介）呵呸．兩個癡蟲你看國在那裏家在那裏君在那裏父在那裏偏是這點花

月情根割他不斷麼

堪歎您兒女嬌

不管那桑海變

豔語淫詞太絮叨．

將錦片前程．

牽衣握手神前告．

那知道姻緣簿．

久已勾銷．

翅楞楞鴛鴦夢醒好開交．

碎紛紛團圓寶鏡不堅牢．

桃花扇註（下）

二七三

羞答答當場弄醜憖的旁人笑．
明湯湯大路勸你早奔逃——
（北水仙子）

侯　（揖介）幾句話說的小生冷汗淋漓．如夢忽醒．
張　你可曉得麼．
侯　弟子曉得了．
張　既然曉得就此拜丁繼之爲師罷．
侯（拜丁介）
香　弟子也曉得了．
張　既然也曉得就此拜卞玉京爲師罷．
李香君（拜卞介）
張（吩咐丁卞介）與他換了道扮．
侯香（換衣介）
丁卞　請法師升座待弟子引見．
張（升座介）
丁（領侯卞領香君拜張介）

二七四

芟情苗．芟情苗．

看玉葉金枝凋．

割愛胞．割愛胞．

聽鳳子龍孫號．

水漚漂水漚漂．

石火敲石火敲．

賸浮生一半．

繞受師教──〔南雙聲子〕

張　（指介）男有男境上應離方，快向南山之南修眞學道去．

侯　是大道纔知是濃情悔認眞（註二）

丁　（領侯從左下）

張　（指介）女有女界下合坎道，快向北山之北修眞學道去．

香　是回頭皆幻景．對面是何人．

卜（領香從右下）

張（下座大笑三聲介）

你看他兩分襟．

不把臨去秋波掉．

虧了俺桃花扇扯碎一條條．

再不許癡蟲兒自吐柔絲轉萬遭．

白骨青灰長艾蕭．

桃花扇底送南朝．

不因重做興亡夢．

兒女濃情何處消．

續四十齣　餘韻

「語罷長詩更浮白．

七十年來似疇昔

與君同是避秦人.

不醉春光良可惜.

春非我春.

秋非我秋.

惟有桃花年年開.

溪水年年滿.

爲君酌酒長無愁.」

　——顧亭林桃花溪歌.

時間　清順治五年戊子九月.

地點　南京龍潭江畔.

人物

　蘇崑生——淨.

　柳敬亭——丑.

　老贊禮——副末.

　卓隸——副淨.

布景

　江畔一面靠山

備用物。柴擔樵斧船篙漁竿漁籠紓子酒壺酒瓢紅帽火具煙筒煙囊綠

蘇崑生（扮樵子挑擔上）

頭籤紅圈票。

放目蒼崖萬丈。

拂頭紅樹千枝。

雲深猛虎出無時。

也避人間弓矢。

★

建業城啼夜鬼。

維揚井貯秋屍。

樵夫膌得命如絲。

滿肚南朝野史。——（西江月）

在下蘇崑生——自從乙酉年同香君到山一住三載俺就不曾回家。往來牛

首棲霞採樵度日。誰想柳敬亭與俺同志買隻小船也在此捕魚爲業且喜山

深樹老江關人稀每日相逢便把斧頭敲著船頭浩浩落落儘俺歌唱好不快

活今日柴擔早歇專等他來促膝閒話怎的還不見到（歇擔盹睡介）

柳敬亭（扮漁翁搖船上）

年年垂釣鬢如銀．

愛此江山勝富春．

歌舞叢中征戰地．

漁翁都是過來人．

俺柳敬亭——送侯朝宗修道之後，就在這龍潭江畔捕魚三載，把些與亡舊事付之風月閒談。今值秋雨新晴，江光似練，正好尋蘇崑生飲酒談心（指介）你看他早已醉倒在地待我上岸喚他醒來（作上岸介）（呼介）蘇崑生．

蘇　（醒介）大哥果然來了．

柳　（拱介）賢弟偏杯呀．

蘇　柴不曾賣那得酒來．

柳　愚兄也沒賣魚都是空囊怎麼處．

蘇　有了有了你輸水我輸柴大家煑茗清談罷．

老贊禮（提絃攜壺上）

江山江山一忙一閒．

誰贏誰輸兩鬢皆斑．

（見介）原來是柳蘇兩位老哥．

蘇柳（拱介）老相公怎得到此

贊　老夫住在燕子磯邊今乃戊子年九月十七日——是福德星君降生之辰

蘇　我同些山中社友到福德神祠祭賽已畢路過此間

贊　為何挾著絃子提著酒壺

蘇　見笑見笑老夫編了幾句神絃歌名曰問蒼天今日彈唱樂神社散之時分

柳　怎好取擾

贊　得這瓶福酒恰好遇著二位就同飲三杯罷

柳蘇　好好

贊　這叫做有福同享．

（同坐飲介）

蘇　何不把神絃歌領略一回．

贊　使得老夫的心事正要請教二位哩（彈弦唱巫腔蘇柳拍手覩介）

（問蒼天）新曆數順治朝五年．戊子．九月秋．十七日．

嘉會良時．擊神鼓．揚靈旗．鄉鄰賽社老逸民剃白

髮。也到叢祠，椒作棟，桂爲楣。唐修晉建，碧和金丹。

間之粉畫壁，精奇作貌，超赫赫氣，揚揚福德，名位山之珍。

海。奠寶，總掌無遺，奪戶爭，造命一笑，乞兒與我較一人，掀鬚上，長歎日，貧。

蘭。之清醑，奪戶無遺，造命笑，乞兒與我較一人，掀鬚上，長壽，歎之郁。

者貧。富者富，斷火未曾爲乞兒，期十歲，辰週月同桑榆，爾餐暮。

矣。亂離人，斷火未有亨，期六十玉砌，坐瓊筵，閣開餐暮。

我。看誰爲靈，誰爲蠹，貴賤失稱，臣玉稽首，叫九閽高，開餐暮。

聾。啓天夢，夢宣命司，檢祿籍，何故差，風馳闕遠，舞罷雞豚。

蒼。天曠，夢迎神來送，神去，斜日，馳驅，闕遠，舞罷紫宸高。

收。須夢夢，社散倚枯槐，對斜日，獨自凝思，濁享似火清。

享名或分兩例，內才多，外財少，應不同規，熱似火。

福德君庸人，父母冷如冰，文昌帝秀士宗師神有。

短聖有虧，誰能足願，地難塡，天難補，造化如斯釋。

盡了胸中愁．欣欣微笑．江自流．雲自卷．我又何疑．

（唱完放絃介）丟醜之極了．

蘇　妙絕逼真離騷九歌了．

柳　失敬失敬．不知老相公竟是財神一轉哩．

贊　（讓介）請乾此杯．

蘇　（咂舌介）這寡酒好難喫也．

柳　愚兄倒有些下酒之物．

蘇　是什麼東西．

柳　請猜一猜．

蘇　你的東西不過是些魚鱉蝦蟹．

柳　（搖頭介）猜不著猜不著．

蘇　還有什麼異味．

柳　（指口介）是我的舌頭．

贊　你的舌頭你自下酒如何讓客．

柳　（笑介）你不曉得古人以漢書下酒這舌頭會說漢書豈非下酒之物．

蘇　（汲酒斟介）我替老哥斟酒老哥就把漢書說來．

贊　妙妙。只恐菜多酒少了。

柳　既然漢書太長。有我新編的一首彈詞。——就是俺南京的近事麼。叫做秣陵秋。唱來下酒罷。

贊　便是。

柳　這都是俺們耳聞眼見的。你若說差了。我要罰的。

蘇　包管你不差。（彈絃介）

柳　半生湖海一聲高唱萬山驚。六代興亡幾點清彈千古慨。

（照盲女彈詞唱介）

（秣陵秋）陳隋煙月恨茫茫。井帶胭脂土帶香。駘蕩柳綿沾客鬢。叮嚀鶯舌惱人腸。中興朝市繁華續。遺孽兒孫氣焰張。只勸樓臺追後主。不愁弓矢下殘唐。蛾眉越女縴承選。燕子吳歈早擅場。力士傳名搜笛步。龜年協律奉椒房。西崑詞賦新溫李。烏巷冠裳舊謝王。院院宮妝金翠鏡。朝朝楚夢雨雲

牀．五俟闉外空狼燧．二水洲邊自雀舫指馬誰攻

秦相詐入林都畏阮生狂春鐙已錯從頭認社黨

重鈎無縫藏借手殺儷長樂老魯肩媚貴半閒堂

龍鍾閣部啼梅嶺跋扈將軍謀武昌九曲河流時

喚渡千尋江岸夜移家龍瓊花刼到雕欄損玉樹歌

終畫殿涼滄海迷家龍寂寞風塵失伴鳳徬徨青

衣卿壁何年返碧血濺沙此地亡南內湯池仍蔓

草．東黃輦路又斜陽全開鎖鑰淮揚泗難整乾坤

左史陵建帝飄零烈帝慘英宗困頓武宗荒那知

還有福王一臨去秋波淚數行．

妙妙果然一些不差．

雖是幾句彈詞竟似吳梅村一首長歌．

老哥學問大進該敬一杯（斟酒介）

倒叫我喫寡酒了．

蘇　愚弟也有些須下酒之物。

柳　你的東西一定是山殽野蔌了。

蘇　不是不是。昨日南京賣柴特地帶來的。

柳　取來共享罷。

蘇　（指口介）也是舌頭。

贊　怎的也是舌頭。

蘇　不瞞二位說──我三年沒到南京。忽然高興。進城賣柴路過孝陵。見那寶城享殿成了芻牧之場。

柳　呵呀呀那皇城如何。

蘇　那皇城牆倒宮塌滿地蒿萊了。

贊　（掩淚介）不料光景至此。

蘇　俺又一直走到秦淮。立了半晌。竟沒一箇人影兒。

柳　那長橋舊院是咱們熟遊之地。你也該去瞧瞧。

蘇　怎的沒有──長橋已無片板舊院賸了一堆瓦礫。

柳　（搥胸介）咳慟死俺也。

蘇　那時疾忙回首一路傷心編成一套北曲。──名爲哀江南待我唱來（敲

（板唱弋陽腔介）俺樵夫呵。

哀江南。

山松野草帶花挑。

猛抬頭——

秣陵重到。

殘軍留廢壘。

瘦馬臥空壕。

村郭蕭條。

城對着夕陽道。——

（北新水令）

野火頻燒。

護墓長楸多半焦。

山羊羣跑。

守陵阿監幾時逃。

鴿翎蝠糞滿堂抛．
枯枝敗葉當階罩．
誰祭掃．

（駐馬聽）

牧兒打碎龍碑帽．
橫白玉八根柱倒．
墮紅泥半堵牆高．
碎琉璃瓦片多．
爛翡翠窗櫺少．
舞丹墀燕雀常朝．

（沈醉東風）

直入宮門一路蒿．
住幾箇乞兒餓殍．
問秦淮舊日窗寮．
破紙迎風．
壞檻當潮．

目斷魂消.

當年粉黛.

何處笙簫.

罷鐙船端陽不鬧.

收酒旗重九無聊.

白鳥飄飄.

綠水滔滔.

嫩黃花有些蝶飛.

新紅葉無箇人瞧.——（折桂令）

你記得跨青谿半里橋.

舊紅板沒一條.

秋水長天人過少.

冷清清的落照.

賸一樹柳彎腰——（沾美酒）

行到那舊院門何用輕敲.

也不怕小犬哮哮.

無非是枯井頹巢.

不過些磚苔砌草.

手種的花條柳梢——

儘意兒採樵.

這黑灰是誰家廚竈.——（太平令）

俺曾見金陵玉殿鶯啼曉.

秦淮水榭花開早.

誰知道容易冰消.

眼看他起朱樓.

眼看他讌賓客.

眼看他樓塌了.

這青苔碧瓦堆.

俺曾睡風流覺．

將五十年興亡看飽．

那烏衣巷不姓王．

莫愁湖鬼夜哭．

鳳凰臺棲梟鳥．

殘山夢最眞．

舊境丟難掉．

不信這興圖換藁．

謅一套哀江南．

放悲聲唱到老．——　　（離亭宴帶歇拍煞）

贊　（掩淚介）妙是妙絕惹出我多少眼淚．

柳　　這酒也不忍入脣了大家談談罷

卓隸（時服暗上）

　　　朝陪天子輩．

暮把縣官門．

早隸原無種．

通侯豈有根．

咱家魏國公嫡親公子——徐青君的便是．生來富貴享盡繁華．不料國破家

亡．賸了區區一口．沒奈何在上元縣當了一名卓隸．將就度日．今奉本官籤票．

訪拏山林隱逸．只得下鄉走走．（望介）那江岸之上．有幾個老兒閒坐不免

上前討火就便訪問．正是

開國元勳留狗尾．

換朝逸老縮龜頭．

（前行見介）老哥們有火借一箇．

柳　　請坐．

卓（坐介）

贊　（問介）看你打扮像一位公差大哥．

隸　　便是．

蘇　（問介）要火喫煙麼．小弟有高煙取出奉敬罷．（敲火吸煙奉隸介）

隸（喫煙介）好高煙好高煙（作暈醉臥到介）

蘇（扶介）不要拉我。讓我歇一歇就好了。（閉目臥介）

隸　記得三年之前老相公捧著史閣部衣冠要葬在梅花嶺下。後來怎樣

柳（問贊介）後來約了許多忠義之士齊集梅花嶺招魂虛葬倒也算千秋盛事但不曾

贊　立得碑碣

蘇　好事好事只可惜黃將軍刎頸報主抛屍路旁竟無靈葬

贊　如今好了。也是我老漢同些村中父老撿骨殯殮起了一座大大的墳塋好

蘇　不體面。

柳（掩淚介）你這兩件功德却也不小哩。

贊　二位不知——那寧南氣死戰船時親朋盡散却是我老蘇殯殮了他

蘇　難得難得聞他兒子左夢庚襲了前程昨日搬柩回去了。

柳　左寧南是我老柳知己找曾託藍田叔畫他一幅影像又求錢收齋題贊了幾句逢時遇節展開祭拜也盡俺一點報答之意

隸（醒作悄語介）聽他說話像幾個山林隱逸（起身問介）三位是山林隱逸麼。

衆（起拱介）不敢不敢為何問及山林隱逸

隸　三位不知麼——現今禮部上木搜尋山林隱逸撫按大老爺張掛告示布

政司行文已經月餘．並不見一人報名．府縣著忙．差俺們各處訪掌三位一

定是了．快快跟我回話去

老哥差矣．山林隱逸乃文人名士．不肯出山的老夫原是假斯文的一箇老

贊體那裏去得

我兩箇是說書唱曲的朋友．而今做了漁翁樵子益發不中了

你們不曉得——那些文人名士都是識時務的俊傑從三年前俱已出山

了．目下正要訪掌你輩哩

啐．徵求隱逸乃國家盛典公祖父母俱當以禮相聘怎麼要掌起來定是你

這衙役們奉行不善

不干我事．有本縣籖票在此取出你看（取看籖票欲掌介）

果然這事哩

我們竟走開何如

有理

避禍今何晚．

入山昔未深．

（各分走下）

（隸趕不上介）你看他登崖涉澗．竟各逃走無跡．

把幾箇白衣 山人嚇 走了．——（清江引）

取開紅圈票．

抽出綠頭籤．

預備官家要．

大澤深山隨處找．

（立聽介）遠遠聞得吟詩之聲不在水邊定在林下待我信步找去便了．（急下）

（內吟詩曰．

漁樵同話舊繁華．

短夢寥寥記不差．

曾恨紅箋啣燕子．

偏憐素扇染桃花．

笙歌西第留何客．

煙雨南朝換幾家．

傳得傷心臨去語．
每年寒食哭天涯．

（註一）明史奸臣傳云：「……五月三日瑞王出走．明日士英奉王母妃以黔兵四百人爲衞走浙江．……不數日大鋮倉皇至．……杭州既降士英欲謁監國魯王．魯王諸臣力拒之．乃投礮州總兵方國安軍．國安士英同鄉也．……無何士英欲率衆窺杭州兵敗溺江死者無算．士英擁殘兵欲入閩．唐王以罪大不許．明年大兵勤湖賊士英與長興伯吳日生俱禽獲詔俱斬之．……大鋮僧謝三賓等赴江干乞降．從大兵攻仙霞關僵仆石上死．而野乘載士英遁至台州山寺爲僧爲我兵搜獲．大鋮國安先後降尋唐王走順昌我大兵至搜山．得士英大鋮國安父子請王出關爲內應遂駢斬士英國安於延平城下．大鋮方遊山自觸石死仍戮屍云」

（註二）侯朝宗並無出家事．順治八年且應辛卯鄉試中副貢生．越三年而死．晚節無聊甚矣．年譜謂「當事欲案法公（朝宗）以及司徒公（恂）有司趣應省試方觧．」此事容或有之．然朝宗方有與吳梅村書勸其勿爲「達節」之說所誤．（見壯悔堂文集卷三）乃未幾而身自蹈之．未免其言不怍矣．「南山之南修眞學道」劇場搬演勿作事實觀也．

飲冰室叢書
桃花扇註（全二冊）

作　　者／梁啓超　著
主　　編／劉郁君
美術編輯／鍾　玟

出 版 者／中華書局
發 行 人／張敏君
副總經理／陳又齊
行銷經理／王新君
地　　址／11494 台北市內湖區舊宗路二段181巷8號5樓
客服專線／02-8797-8396　　傳　真／02-8797-8909
網　　址／www.chunghwabook.com.tw
匯款帳號／華南商業銀行　　西湖分行
　　　　　179-10-002693-1　中華書局股份有限公司

法律顧問／安侯法律事務所
製版印刷／維中科技有限公司　海瑞印刷品有限公司
出版日期／2019年7月台三版
版本備註／據1970年3月台二版復刻重製
定　　價／NTD 650（套）

國家圖書館出版品預行編目（CIP）資料

桃花扇註／梁啟超著. — 台三版. — 臺北市
：中華書局，2019.07
　　冊；　公分. —（飲冰室叢書）
　　ISBN 978-957-8595-81-1(全套：平裝)

853.67　　　　　　　　　　108009381